迭戈・烏爾塔多・德・門多薩公爵（男主角）

本作男主角，出生於歐洲十四世紀西班牙阿拉瓦省的門多薩家族，外表銀髮、紫金色眼瞳，以及擁有一對銀色羽翼。

原為人類，卻為了尋找安娜塔西亞的轉世，要求埃斯克將他轉變成血族，現為匈牙利Xienpa本部的血族親王。為了追尋溫祈悅的轉世，等待七百年的時光，於第三世溫祈悅的十七歲那年搬來隔壁當鄰居，性格冷漠的他，唯有面對溫祈悅會露出溫柔的微笑。

溫祈悅（女主角）

十八歲高中生，跆拳道黑帶。茶色長髮、黑中帶點玫瑰色眼睛，左胸口上有枚血葬花的胎記，手上戴銀色瑪瑙手環。性格勇敢、有話直說、由於體內有神祕契約的存在，時常吃不飽，迭戈總是戲稱為吃貨。

第一世：安娜塔西亞・西恩帕。為血族之王——埃斯克的妹妹，擁有水藍色頭髮與玫瑰色眼眸。

第二世：亞莎・連恩。匈牙利人，家境貧窮。在父親的要求前往納達斯迪堡應徵女傭，而後工作一年，在西元一六一〇年過世，得年十五歲。

埃斯克・西恩帕

匈牙利Xienpa本部的血族之王，年齡未知，水藍色頭髮、玫瑰色眼眸。為安娜塔西亞的哥哥。曾經愛上一名人類女子，為了想成為人類，從冥界帶回血葬花的種子，利用人類屍體的殘存血液培養出血葬花。卻因妹妹的死亡感到後悔和愧疚。沉熟穩重的他對溫祈悅十分保護，能為了她去尋找彼岸花。

埃爾南・門多薩

血族。金色頭髮、湛藍色雙眸，年齡停留在十六歲少年，時常帶著陽光般的笑容，樂觀、搞笑，有些孩子氣，是個幼齒可愛的小正太，十分講究對自己的頭髮。於十八世紀由迭戈轉變為血族，成為血族後已過百年時光，心智年齡漸漸成熟。

亞特・多隆

血族，年齡未知。紫色長髮、紫羅蘭色眼瞳。匈牙利Xienpa本部的大總管，兼任暗殺部隊的老大，專門狙殺反叛和違法的吸血鬼，通常能指使暗殺部隊的只有元老。

性格風流多情、花花公子的他曾經愛上一名叫薔薇的女子，想將她一同變為吸血鬼的一員，可惜薔薇殘忍的背叛他。由愛生恨的亞特在漫長的永恆生命，不斷尋找與薔薇一模一樣名字的女子加以殺害。

華・伊萊

匈牙利Xienpa本部血族元老，年齡未知。墨綠色頭髮、灰綠色的眼瞳。向來自傲、冷漠且喜歡指使人，和亞特的感情非常的好，本部很多重要大事都是他們兩個一起商議出來。

由於害怕一個人面對永恆的生命，將雙胞胎弟弟——赫爾締芬轉變為吸血鬼，卻沒有考慮到對方的心情，導致赫爾締芬的叛變。

華在赫爾締芬犯下大錯後，曾有一段時間很想自殺，是亞特日夜不休的陪伴在他身邊。

赫爾締芬・伊萊

白色獵捕者的領導人，和Xienpa本部血族對立，年齡未知。墨綠色頭髮、灰綠色的眼瞳。

在人類的時候因為大病一場，命在旦夕。華不想看見弟弟死亡，於是不顧赫爾締芬的意願，將他轉變為血族。赫爾締芬因此憎恨華，性格也變得十分殘酷、冷血、憤恨世俗。為了想成為人類，赫爾締芬偷走血葬花，卻被安娜塔西亞阻止，最後造成無法挽回的悲劇。

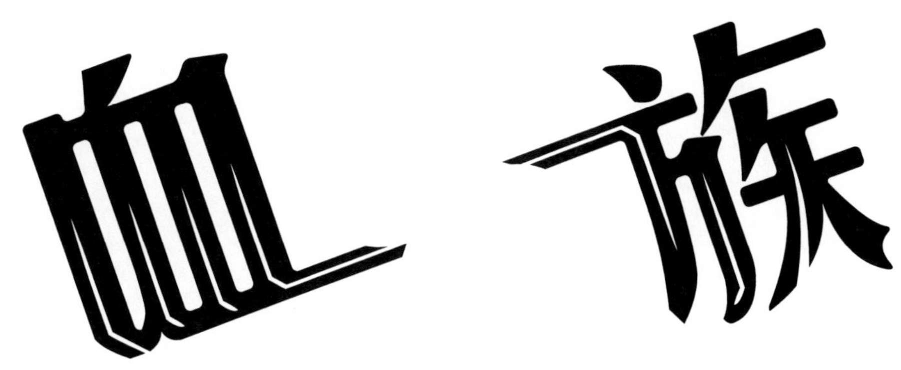

育妻條約

花鈴——著　多玖實——繪

推薦《血族育妻條約》

帝柳

很高興受邀來寫《血族育妻條約》的推薦文，首先得要說作者花鈴是個非常可愛的少女！

回歸正傳，《血族育妻條約》故事內容正如書名，正是一個以吸血鬼為主的浪漫愛情養成妻子故事（笑），血族加上養成元素，可說是相當吸引人的眼球，一拿到試閱本後就停不下來地開始閱讀。

故事序幕由一名叫安娜塔西亞的女子揭開，她的身分為何？她又為何與血葬花定下契約？契約的內容又是什麼？這些問題都像披了一層神秘面紗，等著你往下翻閱，慢慢地追查與了解。作者花鈴在開頭就用非常巧妙的手法，勾起讀者們的好奇心。

隨著劇情的開展，我們認識到女主角——溫祈悅。人如其名，是個溫和但又樂觀的少女，身上集合了很多萌元素，個性相當討喜。（我才不會說，咱們的小悅還有疑似腐女的潛質）女主角如此可愛外，環繞在她身邊的大都是吸血鬼們，每一名血族的男子都各有特色，癡情忠誠的冰山美男迭戈，在文中對待小悅總是深情，總是寵溺，一個眼神，一個舉手投足都讓人覺得恨不得化身為裡頭的小悅啊！

除了當家男主角迭戈之外，還有其他非常迷人的角色，就連反派角色都十分迷人。其中，我個人最喜歡的男性角色就是亞特，有點壞壞卻又強大的血族，風流中帶點潛藏不露的真心，每每看到亞特的登場以及說話內容，常常忍不住會心一笑。

這部《血族育妻條約》有笑，有淚，有令人心痛的悲情、相愛卻得被迫疏遠，哥德式的血族主線劇情也鋪陳細膩，設定詳實，更能享受被血族美男們包圍的後宮戀愛感。若喜歡浪漫中帶點微酸微甜滋味的你，絕對不能錯過這本《血族育妻條約》！

數百年的等待

夏天晴

首先，我想號召讀者群加入「女主角候補隊」（笑），為什麼要這麼說呢？全是因為迭戈溫柔體貼帥氣，惹人喜愛的緣故。既是校草、又是親王、還有高強魔力，重要的是他會做、便、當給女主吃！這般吸血鬼界的賢慧高富帥，外加等了漫長歲月且忠心不二，怎麼能讓女主獨享他呢！好吧，就算不能取代女主角，能不能把埃爾南分給我？

很高興能夠替花鈴撰寫推薦序，這麼不正經的開頭是因為我入戲太深，這便是《血族育妻條約》的魔力所在。

故事開頭以淒美的離別與關鍵字導出主軸，又以貼近現代的第三世作為舞台背景，品嚐此書，就宛如扮演女主角，從未知一切到揭開一世與二世的過往記憶，當中，女主角面對命運毫不逃避，勇敢奮戰，這樣率直不做作的個性，難怪讓迭戈愛她這麼深。

數百年的等待與不能傳達的愛戀，成為吸血鬼兩大勢力間令人揪心的花香，時而苦澀、時而甜美，讓閱讀此書的我迫不及待想找到蘊含真相的那朵花。

在意猶未盡之時，花鈴特別替二世撰寫了番外篇，我不禁幫迭戈當時的裝扮腦補了一番。對於已深入腐海的我來說，期盼未來有一世女主能投胎成為男人（笑）。

希望大家會喜歡《血族育妻條約》，花鈴，加油！

二〇一六年十二月二十二日

Content /目錄

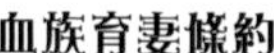

楔子　血葬花的束縛

聆聽那悅耳的聲音；
烙印在深沉恐懼；
妖異、驚悚；
宛若盛開的彼岸花；
飛舞在黃泉之路；
忘卻生前的一切；
你將踏上三途川……

傳說血葬花是一株能實現任何願望的花朵，更是血族裡最崇高且神祕的花朵，外型與彼岸花相似，花瓣色澤猩紅如火，以血灌溉、以血族最珍貴的物品訂之契約。

西元一六一〇年，匈牙利。

帶著無盡愛戀的嘆息自唇間逸出。男子垂著頭，銀色頭髮散亂在雙肩。

他的目光牢牢盯著懷裡的女子，喃喃詢問著早已沒氣息的她，「好不容易等到這一刻，為什麼我卻不能扭轉妳的宿命……」

「迭戈……」

另一道男性的聲音自男子正前方而來。他抬起頭，濃稠的血液自嘴角流下，落在月牙白的衣袂上，紫金色的眼瞳彷彿染了濕氣般變得幾分迷離。

他低聲喊道：「埃斯克……巴托里伯爵夫人被逮捕了嗎？」

「嗯……是的。」被喚為埃斯克的男子，嘴唇囁嚅著，卻沒勇氣再說出更多的話。

「她會進入下一個輪迴，是吧？」迭戈擦了擦嘴角的血絲，瞥了埃斯克一眼後，伸手溫柔的拂過女子的臉龐，然後慢慢地俯下身，輕語道：「安娜塔西亞，我們的宿命之源來自於血葬花，告訴我……我該如何讓那些記憶碎片，拼湊出完整的我們？」

埃斯克哀傷的目光稍稍偏了偏，修長勻稱的手指拂過胳膊上佈滿縱橫交錯的粉色傷疤，不稍片刻，變回那冰冷蒼白的膚色。

親愛的安娜塔西亞——妳究竟和血葬花定下什麼契約？

第一條　吸血鬼公爵的飼養

西元二〇一七，T鎮，盛夏。

夕陽的餘暉將整片天空染紅，瑰麗的紅橙色光輝透過四格窗稜折射進來，將偌大的房間照得朦朧。

傾刻後，殘陽漸漸沒入地平線，大地被罩上一層昏暗的天色，幾顆星子浮現，夜色漸濃。

位於一處民宅內，橫躺在床上睡覺的女孩似乎夢到美麗的場景，粉色的唇瓣彎起幸福的弧度。她發出呵呵笑聲，嘴裡喃喃道：「花生蛋捲、巧克力奇派、芒果冰、芋頭煉乳……」

只有在自己家裡才能睡得如此無防備，全然沒有察覺到有個男子站在窗台邊輕輕敲打窗戶，露出十分無奈的表情。

「小悅、小悅，溫、祈、悅！」敲打的力道逐漸變重，他改拿起手機撥打電話。

女孩放在床邊的手機持續震動，終於在第三通電話通了。她伸手抓住手機，胡亂按下通話鍵，放到耳邊。

「誰？啊，好飽……花生蛋捲。」半睜眼的女孩邊說夢話，發出滿足的嘆息聲，令人不禁好奇她究竟醒來了沒。

男子唇邊的笑容漸大，忍著笑意說道：「眼睛睜大，往左邊看。」

順著對方的聲音朝左邊一看，模糊的男性身形落入眼底，女孩頓時精神都來了，頂著一頭茶色亂髮從床上坐起，打開窗戶。

「迭戈，你什麼時候來的？」溫祈悅張開兩臂，愜意的打個哈欠，無視房內還有一個男人，將自己的醜態表露出來。

迭戈靈活地翻入進來，把手裡拎的袋子放到桌上，「來很久了，還順便帶妳愛吃的花生蛋捲。作業有把不會的先做記號嗎？」

溫祈悅開心地跳下床，衝到桌旁拆開花生蛋捲的盒子，拿起花生蛋捲卡滋卡滋吞下肚，邊吃同時還開口講話。

「不小心睡著了。」言下之意沒有把不會的題目做記號。

迭戈抽幾張衛生紙，把掉落在地上的碎屑撿起，「吃慢一點，袋子裡面有很多盒。」

今天在學校，他和溫祈悅約好下課在她家討論作業。高三的課業壓力很大，雖然結束大學入學考試，但鄰近畢業，還有一個畢業考。

他對畢業考十分有把握，畢竟高中已經讀太多次，漫長的歲月不曉得經歷多少次的學生生涯。較讓人擔心的是溫祈悅的畢業考啊！

「覺得好餓，怎麼吃都吃不飽。」溫祈悅嘴巴裡的花生蛋捲還沒吃完，手中已經拿了下一塊預備放入嘴裡，猶如餓死鬼投胎。

迭戈靜靜地坐在椅子上看她吃東西，腦海思緒紛亂。

他知道她時常肚子餓，正常女孩一日三餐，偶爾會吃下午茶，然而溫祈悅每隔一小時都想吃東西，胃彷彿是無底洞，那些吞入肚的食物沒有增加她的體重，而是全部都消化給她體內的神祕契約。

「謝謝你的餅乾！」她滿意地咂了咂嘴。

溫祈悅的聲音打斷他的思緒，迭戈回過神，看她吃得餅乾屑掉到地上都不知道，嘴巴沾著奶油。

他起身去趟浴室。不一會兒，再次進來，手裡捧著一條熱毛巾，臉上掛著無奈的笑容。

他將熱毛巾蓋在她的臉上，輕柔的手勁彷彿帶著春風融化冬雪的溫暖，擦淨她剛睡醒的容顏，接著又幫她把衣襟的鈕扣扣好。

「妳啊……在家裡連衣服都不穿好，好歹我是個男生，該不會妳沒把我當男生吧？」

每次來這裡都會看見她不修邊幅的一面，或許以外人眼光來看她很邋遢，但對他來說並不會，因為他打從心底認為她是可愛的。

迭戈此刻低垂著眼簾，溫祈悅只看見纖長又翹的睫毛、堅毅完美的下顎，以及略顯蒼白的面色。凝視著那張令人為之驚嘆的容貌——和尋常人完全不同的銀色短髮，黑色眼瞳似是蒙上一層妖嬈的霧氣，攝人心魄。

當他冰冷的手指無意間擦碰到她鎖骨處，溫祈悅沒來由打個寒顫，心底深處彷彿有什麼無名火燒上臉頰，頓時心癢癢，接踵而來心頭一陣劇痛，似乎空了大塊，有些難以呼吸。

這種感覺不深刻，只是讓她好困惑。

「小悅？」低沉又帶點幾分誘惑的聲音喊著她的名字。

溫祈悅回過神來，迎上那雙充滿誘惑的黑色眼睛。

他身上的香味逐漸朝她接近，心跳沒來由的亂了秩序。屏住呼吸，她撇頭避開灼熱的視線。

呃啊啊啊！怎麼回事，居然對搬來隔壁的鄰居有心動的感覺？

一年前，迭戈搬來她隔壁棟的租屋處，轉學進入與自己同一所Y學校，年紀大自己兩歲，理論上他是高年級的學長，但由於外國的學籍在Y校並不被承認，迭戈只好降級就學，剛轉來的他馬上成為Y校的校草。

溫祈悅一開始以為迭戈是不良小混混，誰叫他染了一頭很顯眼的銀色頭髮，對其他人都很冷漠。也許和他是鄰居的關係，每天上課一出門都能遇見，兩人認識後都相約一起去學校。久而久之，相處過後發現他是個很溫柔的男生，偶爾行為舉止會透露出超越現在年齡的成熟。她沒有覺得很奇怪，或許在國外生活的他一直都是這樣的性格。

從他手中接過熱毛巾，溫祈悅揉揉鼻子，壓下不自然的聲線說：「怎麼可能不把你當男生，我只是對朋友比較隨性嘛！」

若不把他當男生，她怎會對他突如其來溫柔的觸碰而怦然心動。

「那麼，我們可以開始讀書？」迭戈忍著笑，從書包裡拿出教科書和筆記本，「這是我上課做的筆記，有貼紅色標籤的都是重要題目，我猜老師考這類型的機率很大。」

看著桌上疊得高高的教科書和筆記本，溫祈悅嘟起嘴，伸手拿起雞汁餅乾往嘴裡放，「好餓喔，我能不能先吃東西再讀書？」

迭戈故意把那包雞汁餅乾往旁邊一推，將教科書推到她面前，「邊吃邊讀好嗎？否則妳明天真的會考不及格。」

溫祈悅按著咕嚕咕嚕叫的肚子，苦著張臉答應。

翻開數學課本，心不在焉地轉動鉛筆，視線偶爾會偷偷朝被迭戈推到桌角的餅乾，不知道吞口水多少次。

「再不專心，我就把這包沒收，只有答對題目才能吃！」迭戈指尖壓住餅乾封口，臉上泛出淺淺的微笑，可是在她眼裡就像是個強奪零嘴的大惡魔！

「別別別別啦！」溫祈悅趕忙大吼，然後碎碎念，「真是的，被你抓到小辮子，每次都用零食

威脅我！」

她轉動鉛筆，認真地思考數學題目，但思緒神遊到剛認識迭戈的時候。

迭戈剛轉來的第三天，那幾天連續下著大雨，家裡的屯積的食物都被吃光了。

溫祈悅本想外出添購泡麵和餅乾，卻聞到隔壁棟飄來一陣濃濃的烤肉味，好奇的她跑到迭戈家門口討食物。

在這一天，兩人終於第一次交談，同時也是溫祈悅對迭戈改觀的見面。

溫祈悅抬眸望向迭戈，發見他正看著自己，慌張地垂下眼專注計算試題。

不一會兒，她把算好的試題推到他面前，讓他對答案。

「妳為了吃，算數倒挺快的。」拿著紅筆的迭戈很阿撒力的打個大勾。

最初指導溫祈悅功課時，她的算術慢得跟牛一樣，直到他用零食誘惑她，平均一題完成速度快了三分鐘。

溫祈悅得意地揚起下巴，瞳孔深處的玫瑰色澤十分顯眼。

「這是當然的哦！那我可以吃餅乾了吧。」沒等迭戈說好，她已經伸手抓了一大把放入嘴裡。

「都說幾次了，別吃得滿嘴都是。」迭戈撥掉她嘴角的碎屑，溫柔的手勁中帶著愛憐的力道。

「頭髮也是。來，我幫妳綁起來。」拿起一條髮帶繫好柔軟的茶色長髮。

溫祈悅努力把嘴裡的餅乾吞下肚，說道：「如果班上的同學看到你現在這麼溫柔一定很錯愕。」

說來幸運，似乎只有她一人發現迭戈是位溫柔的男生，在學校她從來沒看過迭戈對其他女生溫柔細語。

之前她有建議過迭戈不要對女生或男生那麼冷淡，多和班上同學交流，可是他仍然悶騷自閉，習慣安靜的坐在角落的位置、習慣一個人吃飯、習慣一個人回家，連同學找他一起出去玩都不想要，對任何事情都泰然處之，簡直像脫離世俗的和尚。

以上的習慣，唯獨對她不是這樣。偶爾上課時，他會默默地望著她的側臉、放學時會主動找她一起回家，三餐和她一起吃。

「我不介意。」迭戈聳了聳肩。

見她很隨興的抹抹嘴巴，然後又抹在衣服上，他抽出衛生紙擦拭她的手指，喃喃嘆道：「妳這壞習慣究竟從什麼時候養成？」

溫祈悅沒有家人，她是孤兒，自從有能力打工養活自己後，便離開育幼院獨自生活，迭戈知道她對家事很能幹，煮菜打掃樣樣都行，唯獨吃飯、吃相難看，容易把家裡搞得一團亂，可是也能很快清理乾淨。

「反正地板髒了再打掃就好啦！哈哈哈！」

溫祈悅抬眸就見迭戈放大的俊顏，剎那心頭怦然心動，同時心臟像是被匕首狠狠刺進，用最鋒利的刀刃摩擦過，痛得她情急之下咬住唇。

又來，她的心怎麼會突然痛了？

察覺到她臉色上的怪異，迭戈動作一僵，緩緩收回手。黑瞳隱隱流轉著一抹晦暗。

「我去拿掃把進來。」他匆匆轉身離開。

迭戈一離開，胸口突如其來的痛減緩幾分，溫祈悅好奇地摸了摸心臟的位置，前陣子有去醫院檢查過健康檢查，心臟很健康，沒有任何疾病，抽痛的時點似乎都在和迭戈說話時。

心，究竟怎麼了？

「難得他今天一放學人就離開了，居然沒有等我！」

放學後，獨自走在回家路上的溫祈悅單手快速敲打手機的鍵盤，輸入訊息：

「迭戈，今天可以教我化學嗎？拜託託託託託，明天有考試（>w<）！」

由於迭戈今天放學時離開的太快，溫祈悅完全不知道他放學後去哪，可是明天有一堂重要的考試，她的小考成績不能再不及格了！

將訊息傳送出去，溫祈悅把手機扔回口袋，抱著一包大餅乾，嘴巴十分忙碌的吃著零嘴，腦子裡開始思考等會兒回家後，必須先把不會的題目勾選起來，等迭戈來時可以馬上問，節省時間。

希望等等回家不會睡著啊！

溫祈悅揉了揉犯睏的雙眼，每天早上七點必須到學校早自習，放學回家就想睡覺。

「嚓……」

身後傳來不明異響，溫祈悅好奇轉頭查看，空蕩蕩的街道沒有半個人影，她覺得自己幻聽了，於是不當一回事繼續往前走。

「噠噠噠……」

走了沒幾步，溫祈悅聽見快速逼近的足音，足音響了有三秒鐘後又消失。

她立即轉頭查看，街道依然空蕩蕩沒有半個人。

空氣中飄浮一股腥甜的味道，溫祈悅凝神嗅了嗅，這股味道夾雜淡淡的血腥味，而那股甜味她

分不清是什麼味道，很像焦糖的味道。

是有人受傷嗎？意識到這個念頭的溫祈悅順著味道的源頭慢慢走過去，繞過一個街角，隨著腥甜味道加重，她不自覺加快步伐。

就在她意識到再轉個彎就是味道的源頭，忽然有人從身後抱住她的腰，用力往後一扯。

「唔！」嘴巴被一隻大掌摀住完全發不出半點聲音。溫祈悅瞪大眼睛，眼睜睜看著對方強勁的力道把她拖入另一條巷子內。

溫祈悅瘋狂的掙扎，直到耳邊傳來熟悉的溫柔嗓音，她登時停住不動，而對方也順勢鬆了手。

「別害怕，是我。」

溫祈悅真的被嚇死了，還以為遇到壞人。

「你、你幹嘛這樣嚇我？有話好好說就好啦，幹嘛要摀住我的嘴?!」她壓著呼吸急促的胸口，氣惱地質問。

迭戈面露尷尬，懊惱地撥了撥額前的劉海，「對不起。我、我只是想鬧妳一下。」由於剛才情況危急，他絕對不能說那條巷子內有她不該看的「東西」。

「鬧?!」溫祈悅的情緒還沒緩和，聽見迭戈的答覆，她仍無法接受。

迭戈拎起美食故意在她面前晃了晃，「好啦，別生氣了，我今天特定去排限量的生魚片壽司，回家一起吃？」

溫祈悅的目光被那袋壽司吸引住，可是又不願意太快原諒迭戈。

她眼裡閃動慧黠的光芒，舔舔嘴唇說道：「那今天可以先吃壽司再看書囉？」

「沒問題。」為了轉移溫祈悅的目光，迭戈只好順著她的意思。

聽見他的允諾，溫祈悅的唇角忍不住彎起滿意的弧度。「哦對了，你剛才有沒有聞到血味？還有一股焦糖的味道？」

「有嗎？我沒聞到。」迭戈搖搖頭，笑著用手指敲了敲她的額頭，「我說妳呀，是不是餓昏頭產生幻覺了？連鼻子都失靈啦！」

溫祈悅歪頭想了一會兒，附近已經沒有腥甜味道。原本想回到剛才的地方一探究竟，但被迭戈拉著走，硬是拖回家裡。

溫祈悅抓住他冰冷的手，「喂，你的體溫太冰了吧，身體還好嗎？」

迭戈那雙黑色眼瞳泛出一抹淡淡的紫金色光芒，不著痕跡的抽回手，有意避開她的觸碰。他微笑，「沒事。」

「真的嗎?!」溫祈悅重新抓住他的手，這會兒，他的體溫稍微回暖一些，不像冰窖裡的冰塊。

「奇怪，大熱天的你居然體溫那麼低，你有沒有在補身體？聽說手指或腳趾頭冰冷的人是血液不循環呢！」

溫祈悅很自然把他的手放入自己的口袋取暖，擔心地看著他，總覺得有個地方很怪異，但一時間腦袋亂糟糟，不知道該如何思考。

「壽司先拿去妳家，我先回我家拿飲料，馬上過來。」

不知不覺，兩人已經抵達住處，迭戈攏了攏被風吹亂的銀色頭髮。

「好哦！」溫祈悅進屋前，不知想起什麼，轉身說道：「迭戈，這次畢業考結束後，我決定要買中藥材幫你補身體！」

瞧她繃著一張擔心的臉，迭戈心裡五味雜陳，微微笑道：「好呀，現在趕快進屋去吧。」

「我是真的擔心你嘛，一直催我！」

溫祈悅的身影消失在門之後，迭戈兀自喃喃自語，「當然是知道你擔心我啊……」低沉的聲音化作溫泉般的暖和，飄散在寧靜的街道。

進入屋內的迭戈將客廳的燈光打開來，不經意瞥見對面棟的溫祈悅趴在窗台對著他家的藍花楹花圃微笑。

他知道溫祈悅很喜歡藍花楹，每天晚上她洗完澡時都會望著這片花圃，銀白色的月光灑滿小花園，潑灑如墨的夜空中懸掛幾顆明亮的星星，那樣的美景美不勝收。

她喜歡什麼、愛吃什麼，都清晰的烙印在他腦海裡。

「門多薩親王！」

一抹身影靜靜地佇立在屋內，突然出現少年靈動的聲音，不似迭戈那彷彿歷經了滄桑的溫和嗓音，反而有種活潑的感覺。

「埃爾南，事情處理的如何？」

迭戈看向緩步走來的俊美少年，一頭金色長髮和湛藍色眼眸，似是令夜空中所有星光都為之黯淡。

少年的外表約十五、六歲，細白的肌膚近乎透明。比迭戈矮一顆頭的他身上穿著絲質襯衫，襟領的鈕扣規矩扣好，衣袂紮進直筒黑色長褲內。

他走到迭戈身邊，拍了拍肩膀。

「有一名人類遇害。」藍寶石般的眼睛露出哀傷的眸色，埃爾南惋惜地垂下頭。

「我懷疑敵人聲東擊西，就在我快放學時收到你的訊息，說有白色獵捕者出沒，你請求支援，

小悅等於沒有人看著。」迭戈別過臉，幽黑的眼眸望向溫祈悅亮著的房間。

順著迭戈的目光看去，埃爾南壓低聲音說：「抱歉親王，我當下很猶豫是否該通知你，但白色獵捕者的數量太多，我一個人無法解決。」

「不，我沒有怪你。」迭戈揉了揉埃爾南的頭髮，「你通知我，讓我有時間趕過去，這個決定是正確的，幸好你也沒事。」

埃爾南很感動，他知道迭戈將自己視為家人，同時也是將自己改變為吸血鬼體質的創造者，對自己來說，迭戈存在的意義很重要。

只要迭戈的任何命令，他都願意付出生命去執行！

埃爾南在心中發誓，嚴肅地說：「我最近發現城鎮出現赫辛的味道，還有白色獵捕者蠢蠢欲動，揚言說赫爾締芬親王要回來了，我記得他好幾百年沒出現了。」

收回手，迭戈微微晃動著腦袋，「我明白……我猜最近白色獵捕者頻繁出沒，絕對和赫爾締芬親王有關聯。畢竟白色獵捕者組織已經存在上百年了，是赫爾締芬親王成立的組織。」

傳聞中白色獵捕者曾經是吸血鬼，但成為吸血鬼後，卻渴望陽光，化作一團被慾望蒙蔽內心的白色無味氣體。

他們四處尋找吸血鬼，將以獵殺後，占領身體，去迷惑無知的蠢人類，吸乾人類的血。當吸乾人類的血時，身上會散發出一種腥甜的赫辛味道。

赫辛味道被吸血鬼們用來辨識白色獵捕者的蹤跡，也是溫祈悅今日無意間聞到的焦糖味道。

「赫爾締芬親王不是在小悅的第一世時就死了嗎？」搔搔腮幫子，埃爾南疑惑問道。

「沒有。我原本以為他死了，在我初擁小悅第二世的亞莎後，我感覺到他的存在，但半個人影

都沒有看見。」

他完全找不到赫爾締芬的蹤跡，第一世後，赫爾締芬消息得無影無蹤。

唯一的線索就是這一年來，每當溫祈悅受傷，赫爾締芬的氣息會短暫一瞬的出現又消失。

「嗯啊，小悅的第二世由你初擁後沒成為吸血鬼，反而轉世了，好端端的初擁怎麼會死人？」埃爾南在十八世紀才成為吸血鬼跟了迭戈，多多少少從迭戈聽到第二世的一些事情。

「埃斯克還在西班牙？」迭戈問道。

「是啊，他想讓我來找你聊天。」埃爾南天真的說，攤開竄出鵝黃色光芒的右掌心，然後握緊拳頭，輕輕揉捏，那抹鵝黃色化作一隻小鳥，鑽進迭戈口袋，叼走玫瑰紫色的髮夾。

撲動著翅膀，小鳥飛到溫祈悅的窗下徘徊。

迭戈的指尖迸射出一抹銀線光，把小鳥勾了回來，再伸手握住埃爾南的手，瞬間熄了他的魔法。

「講明白點是在監視我。髮夾我還沒有要送她，別多管閒事。」

話音剛落，迭戈耳根子微微一動，就聽見溫祈悅房間有開窗戶的聲音，他連忙使個眼色給埃爾南。

不出一秒，埃爾南已瞬間移動到角落。這一年，埃爾南悄悄隱居在他的屋子裡，沒有和溫祈悅碰過面。

他不想讓溫祈悅認識太多吸血鬼，認識他自己一個人就夠了，上百年以來，他必須每隔一段時間就搬家，反覆更換身分才能在地球生活下去。

「你還不來嗎？我肚子很餓！」溫祈悅上半身攀出窗外，朝隔壁棟的迭戈大喊。

「馬上來！小心點，不要摔下來！」迭戈帶著淺淺的笑容，向溫祈悅揮手。

被迫躲藏著埃爾南在一旁看得不知道嘆多少氣了，只覺得胸口悶悶，很不開心。好在他和迭戈都屬於吸血鬼，擁有永恆的生命，如果照這樣嘆下去，命都被嘆光了！

這兩人究竟還要受多久的苦難才能在一起？

有迭戈的幫忙，在準備畢業考的一週期間，她除了念書就是吃東西，加上迭戈打一鞭子給一顆糖的威脅策略下，她的名次成長很快，班級考試的名次快速竄到中間，不再是後幾名吊車尾，考卷上的分數是非常漂亮的八十分。

儘管課業方面很順利，但溫祈悅疲勞倍增，並非熬夜讀書造成疲憊，而是這一週時常因為惡夢而驚醒，身體越來越疲憊。

到假日時，她為了補眠時常睡到中午，讓迭戈很擔心。

這個惡夢困擾她十八年——不是十八年，應該說打從有記憶開始，惡夢越來越清楚。

夢境中充滿血腥、殘酷、暴戾的畫面深深刻入腦海裡，無時無刻在凌遲她的心靈。

長大後，透過夢境感受到的越來越鮮明，彷彿自己曾參與那噁心、變態的場景，而她就是瑟縮在角落中的少女其中一個。

有些夢境會在醒來的瞬間忘記，可她醒來後，過了好幾個小時，那畫面鐫刻在心底深處，不曾忘記半分景象。

當她極力想從夢境中醒過來時，越是掙扎，反而陷得越深，很多次讓她精神瀕臨崩潰，難以逃出來。

「想睡又不能睡，我的黑眼圈變得多深啊！」溫祈悅抱頭懊惱，殷切的望著軟綿綿床。她望向窗外明媚的天空，改拿起素描筆，憑著腦海中的深刻畫面，畫下惡夢中的場景。

牢房的四周是由岩石建造而成的牆壁。燈光昏暗，燭火明明滅滅的搖晃，桔紅色的火光像幽靈般晃過牆壁，突顯詭異陰森的感覺，同時也投射出染在牆壁上的弔詭液體。

位於牢房的正對面的房間，擺放著一個大型的浴桶。浴桶的周圍用薄紗圍繞住，火光將那人婀娜多姿的女性胴體勾勒在薄紗上。

浴桶的周圍擺放許多大大小小的木桶子，在浴桶的上方掛著一個籠子，籠子的欄杆上有數根釘子，釘子正插著一位已死去的少女，鮮血滴答的落入浴桶中。

還有一個詭異的刑具立在角落，內部是人體模型的空洞，上頭是尖銳的釘子，門外兩側也有跟內部一樣的尖銳釘子。

畫到這邊，溫祈悅手指抖到畫不下去，眼睛死死瞪著由自己畫出來的作品。

沒仔細畫出來，不會注意到夢境中的地點很像幽閉黑暗的地下室。雖然對少女的衣服不怎注意，可如何瞧，很像歐洲中世紀的侍女服……

難道她夢見自己的前世？會這樣猜不是沒有理由，她不喜歡看到紅色的東西、包括番茄炒蛋、番茄汁、草莓，只要是紅色都很討厭。

「噗，應該不是我的前世。」

覺得自己的想像力過於豐富，溫祈悅笑了笑，決定把畫像收起來，壓在書堆裡的最下層，或許該上網查一下是哪個古代的侍女服。

推開窗戶望去，原本想跟迭戈討晚餐吃，可惜迭戈不在家，只好自己外出買材料做飯。

當天晚上用完餐，她一個人也不知道要做什麼，選擇早早睡覺。

半夜時分，再次墜入可怕的夢境之中，不論如何掙扎就是無法醒來。

濃烈的血腥味、慘絕人寰的屍體、不絕於耳的少女哭聲、慘無人道的刑具，再次像一把鋸子摩擦她的心臟，堵塞住呼吸，讓她在泥沼中不得翻身，然而這一次的夢境有道女性聲音宛如夢魘般地響起，迴盪在腦海中——

「越是驚恐的鮮血越是美味。請賦予我永恆的青春——」

「啊啊啊啊！」

一聲尖叫後，溫祈悅猛然驚醒，冷汗濕透了衣服。佈滿血絲的眼睛望向窗外，月色正好，葉稍沙沙沙作響，倒有幾分詭異。

她抱住手臂，指腹下的黏稠液體令她非常不解。

什麼時候被指甲刮傷？

「喀嚓。」

窗外傳來不明異響，溫祈悅臉貼著窗戶往外望，街道上沒有半個人，就連迭戈住宅附近也是一片安靜，放在陽台的掃把不知道為什麼倒了。

迭戈的房子沒有亮，。

迭戈平常半夜睡覺時，房間會留一盞燈，若燈沒亮，代表不在家裡。

時間已過了半夜三點，他居然還沒回家。

重新倒回床上，溫祈悅正準備入睡，卻聽見奇怪的聲響。她好奇起身，豎耳聆聽，聲音又響了兩聲後才消失。

聲音的源頭來自於閣樓。

該不會是小偷？是小偷也好，不是小偷也罷，反正再入睡十之八九會夢見同樣的惡夢，還不如去探探是否為小偷。

讓小偷嚐嚐跆拳道黑帶的滋味！

打定主意，溫祈悅隨手拿起球棒，輕手輕腳的推開門，前往閣樓。

當雙腳踩在樓梯上時，她忽然想起自從上高中後，就再也沒進入閣樓，坪數不大的閣樓沒有什麼不可告人的祕密，只有一排放滿老舊書籍的書櫃和一張沙發，還有一扇封閉的窗戶。

沿著階梯走上去，她沒有看見奇怪的地方，只感覺到心情十分緊張，彷彿要揭開祕密的樣子，心跳個不停。

門是關上的，透過門縫，她沒有看見燈光，本想從口袋摸出手電筒卻作罷，怕拿著電筒會來不及抓賊。

她一口氣推開門，瞬間把電燈打開，明亮的視線中出現一抹熟悉的背影，但直覺勝於幾秒鐘的思索，幾乎是推開門的瞬間拿著球棒朝人影敲去——

「砰」的一聲重響，溫祈悅勒住男子的脖子，微微放低身子，準備過肩摔時，全身突然被一股奇怪的力量定格住，連同體內被激發出來的爆發力被硬生生壓了回去。

這種感覺好像密閉的水壓，她的手感覺摸到了彷彿極地裡的冰雪，徹骨寒冷。

「小悅？」男子轉過頭，頭頂上的帽子剛好被溫祈悅襲來的巴掌給揮落，銀色的髮絲晃進她震驚的視線內。

「迭戈，怎麼會是你？」

第二條　帶來壞消息的血王

溫祈悅看著穿著白襯衫、牛仔褲、配上一件毛背心的迭戈，心裡除了震驚外，隨之而來是錯愕的感覺。

為什麼半夜三點他會出現在這？他是怎麼混進來的？家門明明是鎖著啊！

「你在這裡做什麼？」溫祈悅驚愕質問，鬆開勒住他脖子的手。

迭戈抓了抓亂髮後，面有難色的瞥了她一眼說道：「小悅，我以為妳睡沉了。妳廚房的後門沒有鎖起來，我看到有個奇怪的人在妳家附近徘徊，我以為他闖進妳家，結果好像沒有……」

「廚房後門沒關？」這可驚出她一身冷汗。她很快的反應過來，「可是閣樓沒有地方可以讓小偷躲啊。不管怎樣，你應該要先把我叫醒，而不是偷偷摸摸的闖進來抓小偷。」溫祈悅說得言之有理，把迭戈的話給堵了回去。

「抱歉。既然小偷沒有闖進來，沒事的話就先回房睡覺吧，妳的黑眼圈不淺呢。」迭戈幸災樂禍的說，若無其事的用手梳理她剛睡醒的亂髮。

曖昧宛如他身上的酒氣蔓延開來，在這狹窄的閣樓裡引人沉醉，芳香四溢。

溫祈悅的心跳因他寵溺的動作而心悸，伴隨一陣毫無預警的劇痛湧上感官。

「你喝酒了？」

夜歸、飲酒、半夜三點出現在自家閣樓，迭戈已經二十歲了，她沒有立場干涉。

「嗯，跟朋友聚會。」迭戈捶著僵硬的脖子，方才被她那麼一勒，沒想到她的力氣那麼大。

「哦。」溫祈悅發出短短的應聲，蹙眉正想拿起地上的棒球棍，卻不小心撞到書櫃，一本破舊書籍就這麼砸在迭戈的腳上。

迭戈皺皺臉沒說什麼，比溫祈悅快一步撿起來。目光接觸到封面時，他整個人僵住，像一根木頭杵著。

「發什麼呆啊？」溫祈悅伸手搶過來，不以為意的翻過沾滿灰塵的書本，視線驟然緊鎖住某一頁上，喃喃唸出頁中字句：「聆聽那悅耳的聲音；烙印在深沉恐懼；妖異、驚悚；宛若盛開的彼岸花；飛舞在黃泉之路；忘卻生前的一切；你將踏上三途川……」

她依舊低頭唸著，完全沒有察覺到迭戈的臉色逐漸轉變。

當她唸到著作人時，先是一愣，才娓娓道來：「這是迭戈・烏爾塔多・德・門多薩公爵寫的，他是十四世紀西班牙的門多薩家族。」

迭戈……溫祈悅噗哧一聲大笑，「哈哈！公爵跟你的名字一樣呢，不過他的姓氏比較長，用腳趾頭想絕對不是同一個人嘛！」

笑著轉頭看著迭戈，他露出一臉肅穆的神情，目光有些空洞，像是恍神般的陷入自己的思緒裡。

「你怎麼了？」溫祈悅拽住他的袖子晃了晃，「不會是站著睡覺吧？誰叫你要喝那麼多酒……閣樓都是酒氣味，臭死了。」

「確實累了。」被她晃著回過神來，迭戈伸出手指，摩挲著泛黃老舊的書籍，神情依舊神祕兮兮。

不論溫祈悅如何瞧著，完全猜測不出所以然來，那雙深邃的黑色眼眸裡彷彿隱藏了很多祕密，深不見底。

「你不會是愛上書裡的迭戈公爵吧？」溫祈悅取笑著。不知道為什麼，他那副神情好像在緬懷誰似的！

「中學時我很喜歡來閣樓看書，因為這裡總有陳舊的書卷味，每一本書籍都承載著古老時代的傳奇軼聞。」

迭戈不發一語，露出漠然的態度。溫祈悅也不管，話閘子一打開，一張嘴說個不停。

「就像這本書的咒語，我第一次看到時，心裡因為他寫的句子而掀起淡淡的漣漪，覺得似曾相識，好像很久很久以前有對他產生一股未知的愛，可每當想更了解作者是誰時，胸口像被一塊石頭堵住，悶悶的，很難受，似乎有種神祕的引力阻止我陷下去，否則就會有椎心之痛。」

當她說完後，迭戈神情明顯一震。他幽黑的眼睛一亮，倏地抓住她的手腕追問：「這是妳真實的感覺？」

搞什麼啊？溫祈悅覺得他的反應很奇怪，當下沒有在意。

「對啊，可惜我每次看到這本書，心都很痛，後來就不想再看了，我不想要有難過的情緒，那好沉重。」

高興和憂愁的情緒交錯出現在心裡，迭戈覺得五味雜陳。

知道她根本記不得二世記憶，卻有熟悉的感覺。

他該高興嗎？或許能賭賭看。如果說出真相，她能接受一年來陪伴在身邊的人是吸血鬼嗎？到舌尖的話因她那一句「好沉重」的話給吞了回去。迭戈深呼吸，掃去腦袋亂糟糟的念頭，故作從容的撿起球棒。

「迭戈，你還好嗎？」溫祈悅湊向前，盯著那張忽然凝滯的表情，可他揚起虛弱的笑容，拍拍

她的肩膀就逕自下樓。

「沒事，早點睡吧，門窗記得鎖好。」

自從在閣樓遇到迭戈後，溫祈悅連續三天都沒有在學校見到他。

那天晚上察覺他的臉色不太好看，以為是喝酒不太舒服，第一天放學立刻去他家找人，沒想到他外出了。

他沒有留下半句話就突然沒來學校，讓她很擔心，若有事情外出不在家，她能放心，可是滿腦子想著都是他的身影。

他的身體還好嗎？沒有他的中餐時間很無趣、教室沒有他翻書的聲音好安靜、放學沒有他的陪伴好寂寞，只要有他在，她能感覺到開心的情緒，每天都很期待看見他。

從什麼時候開始，她已經習慣迭戈的存在？

兩道奇怪的聲音突兀穿透思緒。溫祈悅原本想忽略，可那些對話令她忍不住停下腳步。

空氣裡飄著一股之前聞過的腥甜味，夾雜淡淡的焦糖香氣。她屏住氣息，像小偷站在圍牆的另一端偷聽。

一人的聲音沙啞之中帶著威嚴肅穆，另外一人聲音中帶著微微的喘息，有些精神不濟。

「找到幾個替身了？」

「主人，屬下十分抱歉，目前才迷惑一個，而且門多薩公爵時時刻刻阻饒我們。」

抓替死鬼？門多薩公爵？

溫祈悅直覺想到舊書籍的門多薩公爵，會和他們口中的門多薩公爵有關嗎？

不對，應該是巧合。

還沒等她反應過來，擁有嚴肅冷硬音質的男人發話，「我們必須盡快儲備體力。這個不馬上解決嗎？」

緊接著溫祈悅只聽見「唔、唔、唔——」的掙扎聲，似乎是被人摀住嘴巴，動彈不得，仔細聽著，倒像是女人的聲音。

難道是人口販賣集團？

詭異的聲響又飄入溫祈悅耳內，她聽不出這是什麼聲音，感覺是女人驚恐的聲音，很快的被吸吮液體發出來的聲音蓋過。

溫祈悅從袋子裡拿出可樂罐，攥在手裡，雙腳一蹬，跳上垃圾桶，朝背對著自己的男子扔去，不偏不倚砸重他可憐的腦袋瓜。

「啪！」

跳上一看，這才看清是對一男一女難分難捨抱在一起。

但為什麼聽見很噁心的聲音？而且另外一個男人也不見了。

男子沒有發出一聲哀號，而是緩緩鬆開懷裡的女人。

在昏暗的天色下，溫祈悅心跳逐漸加快，大驚失色的看著暗紅色濃稠血液佈滿他整張嘴，染紅的尖銳的獠牙鋒利駭人。

四周充斥作嘔的血腥味。她的目光最後落在女子死前恐怖猙獰的臉孔上。

「還有一個品種不錯的人類。」男子伸出舌頭舔淨唇邊的血絲，邪惡地笑了笑。

溫祈悅以為自己眼花了，居然看見傳說中的非人類生物──吸血鬼。

「哈哈哈哈！」

當一股兇殘氣息驀地從男子身上爆發出來，她才意識到招惹到不乾淨的東西，這個吸血鬼很有可能會殺死自己！

她忙不迭地將袋子裡的飲料、零食通通朝男子丟去，很沒志氣的腳底抹油開溜。

「呵呵，繼續跑啊！這樣血液更美味呢！」

身後傳來狩獵獵物的愉悅笑聲，溫祈悅沒跑幾步，眼前迅速飛過一抹黑色影子，一張變樣的臉孔飛進她的視線內，顴骨很高很大、下巴內縮、露出兩顆尖銳的獠牙、微凸的眼睛死死瞪著她。

「越是驚恐，鮮血越是美味。」

駭人的話語如同毒藥滲進她的肌膚，血管隱隱叫囂著前所未有的恐懼，她想起惡夢裡，有個美麗的女人曾這樣說過。

男子張開黑色斗篷，掐住她脖子的手徹骨寒冷，體溫猶似迭戈冰冷的體溫。

被男子冰冷的手掌掐住脖子不能呼吸，溫祈悅感覺腦袋暈眩，只能奮力地提膝踹向男子腹部，然後手一揮，朝他臉孔擊去。

「啊啊啊啊！我的牙齒、我的牙齒！」

只聞一聲媲美殺豬般的慘叫自男子口中吼出。他摀著嘴巴，手上鮮血淋淋，目眥盡裂的朝溫祈悅逼近。

「該死！我非得吸乾妳的血！」

可惡！這男人的腹部是石頭做的嗎？溫祈悅一面揉著膝蓋，朝前方狂奔逃難。

短短幾秒鐘，男子猶如一隻抓狂的獅子，手掌心凝聚出藏青色的光團，四周的空氣瞬間擠壓凝滯。

「什麼?!」溫祈悅頓時呆滯在原地，活了十八年第一次看到超能力景像，她完全嚇傻了。

在急速凝聚的藏青光團中，隱約能見到一抹熟悉的身影跳躍進來，像一尊石像般擋在面前，周身散發出冰冷且具有毀滅性的銀色光芒。

「埃爾南，帶她走！」

溫柔的聲音透出不容忽視的急迫，溫祈悅看著擋在自己身前的俊挺身影，驚訝到闔不攏嘴，下巴險些掉下來。

同時間，她的右邊突然出現一名金髮藍眼的美麗少年，在她面前賣弄魔法，一團黃色光團在掌心凝聚起來，如同流水般滑到指尖，輕動一甩，層層疊疊的黃與銀光緊密的融為一體，光芒閃爍，一個循環，飛向藏青光團中。

光團在空氣中炸開，四周的空氣變得極其稀少，狂風湧起，吹得她雙腳站不穩。

溫祈悅扶著牆壁的手指忽然一痛，一股溫熱黏稠的液體蔓延開來。

在場所有人都為之一怔，尤其站在溫祈悅身邊的埃爾南更是臉色一變，一雙湛藍色眼瞳流轉森冷紅輝。

「這個味道……」

「埃爾南，先別管這味道，對付他要緊！」迭戈腳步一跨，迅速竄回女孩身邊，把埃爾南隔離開來。

血味驅使男子妖紅的眼瞳恢復正常的翡翠綠，他不敢置信的踉蹌後退，驚恐瞪著溫祈悅。

狂風驟退，混亂的街道恢復短暫寂靜，埃爾南死死攥著手指，擋在迭戈前面，冷冷地看著男子。

「赫爾締芬親王，您復活了嗎？告訴屬下啊！」男子張開雙臂，發瘋似的仰望殘陽似血的天空。

迭戈和埃爾南互看一眼，似乎是達成共識，正想上前抓住這名白色獵捕者，沒想到那人突然炸出一道閃電般的青色光芒。

刺眼的亮光衝進眾人的視線，眨眼間，身軀已碎裂成上百塊，化作白色細沙消散於空氣。

溫祈悅被眼前的景象給嚇掉半條靈魂，空洞的眼神搭配失魂的神情，讓迭戈擔憂的開口輕喚：「小悅……」

「你是誰？」溫祈悅並不是嚇到忘記迭戈是誰，而是懷疑迭戈的真實身分。是人、是妖，還是外星生物？

埃爾南卻以為溫祈悅失憶，驚惶失措地說：「小悅，難道妳不記得……」話未說完，便被溫祈悅一句「你給我閉嘴！」的怒吼消音了。

埃爾南無辜地眨眨眼，委屈退到迭戈身後。

溫祈悅現在處於一種不敢置信的狀態，還沒有把剛剛經歷的事情通通消化完畢，非得要把前因後果搞清楚才甘願，不能容許有人打岔。

她反覆深呼吸，讓自己冷靜下來，然後扭頭對埃爾南說道：「抱歉，我現在腦子有點混亂。」說完，她凝視著迭戈問道：「你是妖怪？和那爆炸的傢伙一樣不是人類，那是什麼？」

迭戈笑嘆回答：「小悅，我和那傢伙不是妖怪，反而算是同一種類型——吸血鬼，只是他屬於低下的吸血鬼，只為血而活。」

吸、血、鬼！等等，她耳朵沒有業障重吧！

溫祈悅目不轉睛盯著迭戈，他和剛才那個壞人同樣是吸血鬼？現在的吸血鬼會使用特異功能嗎？天哪！難以相信。

她伸手推回因為吃驚而無法合攏的下巴，煩躁的抓抓頭髮：「類似專門吸血的吸血蛭，對吧。」

迭戈覺得溫祈悅的話十分可愛，淡笑不語，反觀埃爾南噘嘴不悅，為迭戈辯解道：「小悅，妳太過分了，我們才不是醜不拉幾的蟲子！」

溫祈悅朝埃爾南指了指，吸血蛭喊得很順口，「這孩子也是吸血蛭？」

她不意外埃爾南知道自己的名字，一定是從迭戈那邊聽來的。

埃爾南臉上滑下三條黑線。他是活了三個世紀的吸血鬼，因為長得幼齒樣，居然被當小孩子看待？還被稱作吸血蛭！

深呼吸後，溫祈悅的思緒越來越清明。她嚴肅地看著迭戈問道：「你隱瞞我一年、當我鄰居一年，吸血鬼都不喝血嗎？我從來沒看過你喝血，還有，他口中說的赫爾締芬親王是誰？和你們有關嗎？」

「小悅，哪有人一次問那麼多問題……」埃爾南繼續嘀咕。

面對那麼多問題，迭戈也不知道該從哪個問題說起，而且這次事件是意外。

他真的沒有打算在她面前透露真實身分，若不現身動用魔法打倒白色獵捕者，她肯定會受傷。

溫祈悅深呼吸，似乎下了一個很重要的決定，「迭戈，你蹲下來一些。」沒等他蹲低，她墊起腳尖，手指用力的扳開迭戈的嘴巴，當眾檢查起牙齒來了。

她得確認迭戈是否真的有尖牙，活了十八年，生平第一次遇到吸血鬼，而且居然還和這位帥哥

吸血鬼相處一年沒被吸乾血。

「哇啊，妳幹嘛這樣對待門多薩親王！住手住手，無理的女生！」埃爾南不敢置信的尖叫。

這女人太大膽了，居然這樣對待他的創造主。他衝上前拉開她，像一隻忠犬護著主人。

「門多薩親王？」聽到某個關鍵詞，溫祈悅鬆開手，狐疑地轉頭看向埃爾南，咄咄逼問：「你叫迭戈為門多薩親王？」

埃爾南看了迭戈一眼，什麼話也不說，又重新溜到迭戈身後，露出小鳥依人的姿態，讓溫祈悅看得傻眼。

小孩子果然只會出一張嘴鬼吼鬼叫。

「小悅，我真的沒想到會是這樣公布身分，現在妳必須好好養傷，我再跟妳說明白。」

她的血味令他不禁著迷，迭戈反覆深呼吸，壓下體內的躁動，拉起溫祈悅仍在流血的手。

剎那間，空氣彷彿流動著詭譎的氣息——那是充滿憎恨、汙穢，屬於赫爾締芬親王的氣息，迭戈的目光瞬間失焦。

「迭戈？」

失焦的視線在溫祈悅呼喚後，重新恢復焦距，迭戈扯了扯嘴角，冰冷的手指覆在傷口上一公分處，施唸咒語。

長達三公分的傷口在迭戈的施咒下，傷口修復完畢。

溫祈悅再次驚得下巴脫落了。

三人來到迭戈的房間後，開始談起前因後果。

當了溫祈悅一年的鄰居——迭戈，本名：迭戈．烏爾塔多．德．門多薩公爵為十四世紀西班牙的門多薩家族，於十八歲成為吸血鬼。

坐在他旁邊的俊美吸血鬼少年名為埃爾南．門多薩，年齡保持十六歲，在十八世紀時，成為吸血鬼跟了迭戈。

溫祈悅沒想到，小時候看的古籍著作人居然就在眼前，是一隻活了八個世紀左右的吸血鬼！

赫爾締芬親王與迭戈是同時期的吸血鬼，本性殘忍、冷血、憤恨世俗，為了搶奪血葬花，殺了迭戈心愛的女人。

當她聽見迭戈有心愛的女人時，心裡好像被針扎過，湧起酸澀的痛苦，但又不想表現得太明顯，只好扳著撲克臉，理清所有資訊。

「所以白色獵捕者就像是剛才那隻吸血鬼？占據身體後以利生存？」

迭戈點點頭，「剛才我們太晚去救妳，就是因為被其他白色獵捕者絆住。」逼得為了救溫祈悅，曝露自己的真實身分。

「他們根本就是變態嘛，早知道剛才應該打斷他兩根牙，看他還能不能威風！」溫祈悅惱怒說道，磨拳擦掌躍躍欲試，剛才差點死在吸血鬼嘴下，如今回想起來心有餘悸。

「小悅，妳把吸血鬼的牙齒打斷了?!」

埃爾南的表情就好像發現新大陸，有些恐慌地看著溫祈悅，一個人類居然能打斷吸血鬼堅硬的獠牙，要知道牙齒是他們引以為傲的利器。

「我差點被那傢伙吸乾血耶，當然要還擊！怎麼樣？小心我的拳頭。」

聽他驚奇帶點懼怕的口吻，溫祈悅聽得心情愉快，故意在他面前晃了晃拳頭。

埃爾南鄙夷的瞥了她一眼，總覺得她在開玩笑，嘲笑她的不自量力：「我們吸血鬼的牙齒可比人類還硬呢，可是妳怎麼打斷的？」

溫祈悅還未出口反駁，迭戈笑了笑說著，拿著一張沾了水的紙巾拭淨銀色瑪瑙手環上的血跡。

「那是因為我給她的手環。」這枚手環上附有防護魔法，和採用世界最堅硬的材質做的。

相觸的肌膚傳來他冰涼的體溫，溫祈悅不自在的挪了挪手，以前並不會抗拒迭戈的低溫，但知道他是吸血鬼後，很難與他保持鄰居的關係，心裡有些失落、壓抑、鬱悶、心悸，不知道該如何面對吸血鬼這樣的生物，她一直把他當作是重要的同學和鄰居。

可另一方面，面對書本中的古老貴族，興奮之餘會產生胸悶的症狀，好像只要靠近他，這種痛苦就會免不了。

似乎察覺到溫祈悅的抗拒，迭戈的動作停頓了下，本想伸手摸摸她的頭髮。下一秒身邊卻傳來埃爾南的驚呼聲。

「小悅?!」

溫祈悅只覺得胸口的悶塞越發難受，眼前天旋地轉，視線變得模糊，倒在冰冷的懷抱中。

她的身體究竟怎麼了……

墜入黑暗前，目光中最後一張面孔是迭戈驚惶的表情。

「放開她！」

在溫祈悅昏迷後，房內出現另一道男性冷冽的嗓音，一股驚人的旋風在迭戈身後出現。

兩人還未反應過來，男子身形飛掠而出，一隻蒼白的手扣住迭戈的肩膀。

埃爾南眨了眨湛藍色眼睛，比迭戈快一步喊道：「王，您怎麼來了?!」

被稱呼為王的男子並沒有理會埃爾南，見迭戈不放開溫祈悅，他聲調微沉道：「迭戈，我叫你放開她，不准碰我妹妹！」

懊惱掙扎幾秒，迭戈終於妥協把溫祈悅平放在床上，轉頭看向男子，「埃斯克，你怎麼來了？」

埃斯克冷笑道：「我收到埃爾南的消息，白色獵捕者跑到這裡撒野，而你似乎沒保護好我妹妹。」

當他收到埃爾南的消息很緊張。他最不能容許妹妹出事情，好不容易盼到妹妹的轉世，他想看到她平安，而不是像第一世和第二世以死亡為結束。

迭戈瞥了埃爾南一眼，才看向埃斯克，絲毫不畏懼的直視回去：「對不起，是我的錯。」

埃斯克穿著黑色絲質襯衫和黑色直筒褲，雙腳套上黑色短靴，頗有現代人架式，而注視迭戈的玫瑰色眼眸，隱隱流轉紅色光芒，隨著他的入座，一頭水藍色長髮如同海浪流洩在沙發椅背。

王者的姿態，這是屬於埃斯克・西恩帕——血族之王擁有的霸氣。

埃爾南愧疚地道：「王，其實我也有錯，中了白色獵捕者的聲東擊西。」

「抱歉，我口氣太差，我只是很擔心妹妹……小悅有想起來嗎？」埃斯克嘆道，冰冷嚴肅的面容融化幾分。是他太激動了，一聽妹妹被白色獵捕者傷害，急忙撇下手邊的事務飛快趕來。

「這是她第三世了，始終沒有想起前面兩世的記憶，白色獵捕者的實力越來越強，不斷的散布赫爾締芬即將復活的消息，讓所有的吸血鬼聞之色變。位於匈牙利本部的的吸血鬼已經開始躁動，元老院打定主意是和安娜塔西亞的第三世——溫祈悅有關，似乎她活著，赫爾締芬復活的機率越

大，要我盡快裁決……」

埃斯克的表情十分凝重，對如何從中協調毫無頭緒。

一聽到溫祈悅有可能被吸血鬼殺死，迭戈臉色一變，激動地道：「埃斯克，你不可以答應元老院，小悅她不能死！」

「她是我妹妹，你以為我會想讓妹妹死掉嗎?!」埃斯克扶著額頭，全然沒有王者之氣，只剩下哥哥替妹妹憂心忡忡的那一面。

埃爾南見氣氛不太樂觀，像是要爆發衝突，他趕緊把迭戈拽回椅子上，再怎樣也不能這麼沒大沒小，王已經很努力了。

「王，元老院有說最後期限嗎？」埃爾南心想，沒到最後一刻絕對不能放棄。

「沒有明講，但白色獵捕者如果威脅到本部，說什麼也要解決溫祈悅。」埃斯克搖搖頭，手改托著下巴，視線飄向躺在床上的女孩，口中卻是問著：「迭戈，成為吸血鬼等了三世，不累嗎？為什麼每當小悅靠近你時都會昏厥？」

面對這一句疑問，迭戈啞口無言。

老實說他不知道，歷經第二世與第三世的一年來，只要他想做出愛護、貼近的舉動，溫祈悅的表情都會變得很複雜痛苦。

他曾想過，卻想不出個理由。

半晌後，迭戈揚起真摯誠懇的目光，「埃斯克，請給我時間，我會想辦法讓她想起前面兩世的記憶，從記憶裡找出關於赫爾締芬復活的線索。」

「我也願意幫忙！」埃爾南臉上掛著淺淺的微笑。

埃斯克並沒有馬上答話，而是走向溫祈悅，坐在床邊，手指極輕極淺的拂過微微攏起的雙眉，似乎怕驚醒她。

曾幾何時，他多麼痛恨自己，為了不切實際的愛情，創造出血葬花，得到的卻是妹妹三世的痛苦。

是我害了你們啊……

安娜塔西亞，妳死亡的那一天究竟與血葬花定下什麼契約，為什麼妳無法和迭戈在一起？為什麼該消失的赫爾締芬卻依舊活著，沒有實體、神出鬼沒？

良久過後，埃斯克將唇湊近她，蜻蜓點水般的在額頭落下一吻，抬頭道：「迭戈，如果你們真的無法在一起就放棄吧，有時候看到她靠近你而心痛，我也很捨不得。」

迭戈愣了一下，堅決地搖頭嘆道：「無法在一起沒關係，但我不會就這樣放棄，這幾百年都熬過來了，豈會怕千年、萬年呢？這一世不行，還有下一世……直至永遠，我會守護在她身邊，沒有什麼能夠阻擋我愛她的心。」

在感情方面，他執著於心中唯一的愛，即使無法在一起，他還是想待在她身邊。

沒有人規定相愛的兩人就必須在一起，他有的是永恆的生命，再苦、再久都會等下去。

也許很多人都認為既然不幸福，為什麼要等待下去？

可是，對他來說，能夠與她在同個時空、面對面的交談，是值得的。

第三條　前兩世記憶的遺憾

窗外下著濛濛細雨，整片天空彷彿罩上一層帷幕，雨滴打在窗戶上，發出清脆的啪搭啪搭聲響。

溫祈悅仍昏睡不醒，考量白色獵捕者越來越危險，迭戈決定在溫祈悅還沒醒前暫時將她安置在自己家中。

萬一他臨時外出買東西，也有埃爾南陪在她身邊。

從衣櫃拎出幾件輕便的衣物，迭戈站在房間思考一下是否還有其他東西沒有取走。

正準備離開時，放在書桌上的教科書不小心被掃落。

餘光眼角瞥見腳邊的繪紙，剎那一愣。迭戈拾起細閱，紫金色眼眸隨之透出一抹驚喜、震驚的神色。

「原來妳早有印象了……」迭戈想起這一週溫祈悅睡不好的臉色，幽幽地歎了口氣，「這是屬於妳的二世記憶。」

儘管他心裡擔心有問過，但她總說沒事，讓他不知道該怎麼辦。迭戈將繪紙收進口袋，把換洗衣物和盥洗用具放入袋子，回到自己家中。

他回來時，埃斯克仍坐在床邊陪伴溫祈悅，房內寧靜祥和，唯獨不見埃爾南。

「埃爾南呢？」

「去酒窖拿血。」埃斯克靜靜看著迭戈將溫祈悅的衣服整齊放在一旁的桌子上，從浴室拿出一條乾淨的毛巾擦拭她的臉，溫柔細心的將被子蓋好，一連串貼心的舉動讓埃斯克很感動。

埃斯克起身走向一旁的單人座沙發坐下，「你很傻，其實我也和你一樣傻，第三世的溫祈悅早已不是我的妹妹，可是我依然忍不住想對她好，即便這世的她從未見過我，我心裡一直放不下她，很怕再次失去她。」

離開房間一會兒的埃爾南拿著一瓶紅酒進入房間，倒了兩杯分別遞給埃斯克與迭戈。這不是普通的紅酒，裡面裝的是人工鮮血。

搖了搖手中的高腳杯，埃斯克悲傷的目光透過暗紅色的酒杯直視迭戈。

「以前我有問過你，等待值得嗎？現在我不會再問同樣的問題，因為我個人也認為『值得』，只要她與我們生活在同個世界，我感到很慶幸和幸福。」

迭戈感同深受地說：「我等了三世，越來越害怕失去她，對我來說，只有一直等待下去，我才能看見希望，或許總有一天，我能再親口說一次，我愛她。」

一面說著，迭戈從襟口拿出繪紙，起身走到埃斯克面前遞去。「埃斯克，小悅想起來了，她對第二世有印象。」

埃斯克接手，玫瑰色眼眸接觸到畫紙上的景物，勾唇一笑，「這是小悅的筆跡沒錯，可是單憑這張圖是無法得知第二世記憶的全貌。」

埃爾南啪搭啪搭的跑來，湊臉一瞧，瞠目結舌的說：「這、這、這不是牢房嗎？這個我認得，是鐵處女，歐洲中世紀最有名的酷刑。這就是小悅的第二世？」

跟著迭戈許多年，埃爾南只聽說過溫祈悅少部分的第二世往事。他時常看見迭戈寂寞地看著銀色瑪瑙手環發呆，不斷的重複一句話：**「安娜塔西亞，不怕，我會永遠陪伴在妳身邊。」**

迭戈不說，埃爾南自然不會詢問，選擇當個能依靠信任的夥伴。

埃爾南相信，時候到了，迭戈一定會說出真相。

直到第三世溫祈悅出生後，十八年的期間，他看著迭戈用無比溫柔的眼神靜靜守候溫祈悅長大成人，在溫祈悅十七歲時搬來當鄰居。

沒有人知道，每當溫祈悅轉身後，迭戈溫柔似水的眼神轉為蒼涼悲悽。

近在眼前的距離，卻遠如陌生的愛情。

埃斯克低沉的嗓音將埃爾南的思緒拉了回來，他聽見埃斯克不太樂觀的話語：「以小悅的速度回想二世記憶太慢了，怕是在記起前，元老院已經下達獵殺令，被王族追殺的機率很高。」

埃爾南問道：「難道沒有其他辦法嗎？」

「我去和他們談談！」小心翼翼的收回繪紙，紫金色眼眸裡湧動濃烈的決心，迭戈作勢施法開啟時空之門，前往匈牙利本部。

埃斯克使個眼色給埃爾南，冷冷斥責，「慢著，迭戈，憑你是無法和元老商量，他們一旦決定的事情很難有變化。」

埃爾南立刻會意，勾住迭戈的胳膊，不要讓他擅自行動。

「我這幾百年的功勞足以和他們對談，我隱姓埋名在人類世界生活，為他們賺了多少錢！好歹我也是親王！」

紫金色的眼裡閃動著洶湧怒火、絕望、懊悔，迭戈的臉色變為鐵青，衝動之下，掌中凝聚一團銀光朝自己身上打去，逼自己的情緒冷靜下來。

勾住胳膊的埃爾南嚇了一跳，第一次看見迭戈十分震怒，以往溫和的形象消失殆盡。

這是他的痛苦，面對愛人的危機，無能為力的苦澀。

埃斯克握住高腳杯的手指動了動，藍珠光在指尖輕輕一個旋動之下，飛向迭戈的手掌，適時定格住他愚蠢的舉動。

埃斯克瞅著迭戈，道：「我明白你的心情，但現階段不論多麼愧疚、絕望，都不可以傷害自己，你忘了當初要我幫你成為吸血鬼說的話了？生是為了那份愛而活著、為了不讓她孤單，消失了，會竭盡力氣找到她，再消失，持續的找下去。你若是死了，怎麼證明曾經愛過的痕跡？」

「你不該扔下她。」搖了搖頭，埃斯克語重心長的說：「『安娜塔西亞，不怕，我會永遠陪伴在妳身邊。』千萬別忘這句話是你對我妹妹的承諾。」

「我信任你，是因為你是我妹妹最愛的男人，絕對不要做出讓大家傷心的事情。否則……」話聲一頓，手中裝滿紅酒的高腳杯在埃斯克一個冷戾的眼神下，與暗紅色液體碎成一地，割破完美無瑕的肌膚。

埃爾南瞥了一眼迭戈，一轉眼，察覺出兩人間的視線暗濤洶湧。

「我不在的這段期間，保護好小悅。」瞥了眼流血的傷口，埃斯克不以為意，站起來，伸出舌頭滑過傷口，竟奇蹟似的癒合。

這是第一等王族吸血鬼才擁有的天賦，用牙齒刺入人類的頸動脈，只要舔一下就能恢復完美無暇的肌膚。

王、親王皆有此天賦，如果讓殺戮人類的低等吸血鬼擁有了，估計全世界的人類皆會被毀滅乾淨，找不到兇手。

埃斯克施法準備開啟時空之門離開，埃爾南急迫喊道：「王，你要去哪？」

「我有辦法讓小悅強制甦醒記憶。埃爾南，你要看好迭戈。」留下充滿希望的一句話，埃斯克

消失在紅光團中。

迭戈按著臉坐回床邊，無奈的淒然淡笑，「沒錯，我會永遠陪伴在妳身邊，無論妳是否記起前兩世的記憶，依然都是我愛的女孩，從以前到現在，我最大的願望就是能看著妳快樂的活著，即使吸血鬼王族把妳列入追殺對象，我也不會讓妳死掉，賭上我的性命，絕對會保妳平安……」摸著溫祈悅的臉龐，他眼中湧現堅決。

埃爾南望著迭戈憂傷的側臉，心裡也很不舒服。

埃斯克離開後過不久，溫祈悅慢慢地睜開雙眼，痛苦的皺起眉宇，「你們……」

迭戈發現她醒了，連忙拿起沙發背上的外套走過去，披在肩上。

桌上的紅酒已見底，埃爾南悄悄離開房間，拿掃把來清掃地上的玻璃碎片。

環顧四周，溫祈悅發現自己睡在迭戈的房間裡。她抓了抓被汗水浸溼的劉海，看見迭戈的紫金色眼眸不由一愣，「我昏迷很久嗎？」

迭戈去浴室拿了條毛巾出來，「因為妳昏迷了，而且我不放心妳一個人在自己家裡，我家有結界在，可以阻擋白色獵捕者。」原本想替她擦拭臉，可溫祈悅搖頭接過毛巾，打算自己來。

「這是你原本的面貌嗎？」溫祈悅指了指眼睛，「很漂亮。」

迭戈笑了笑，「沒錯，銀髮也是真的，從未變過。」

溫祈悅從沒看過他髮根有長新的黑髮，一直以為他時常去染，偶爾還會揶揄小心得癌症，沒想到居然是真的頭髮。

迭戈在她面前蹲下，仔細的觀察她的表情，嘆氣說道：「妳身體還好嗎？」

「我、我沒事啦！老毛病，去醫院也檢查不出來。」溫祈悅怕迭戈擔心，揚起燦爛的笑容回覆。

迭戈當然知道溫祈悅不想讓他擔心，所以什麼都沒說，他不想多問，因為很清楚為什麼醫院也檢查不出來，溫祈悅心痛的原因和體內的契約有很大的關聯。

心裡感到心疼，迭戈摸了摸她的頭髮，本想伸向臉頰，卻在下一秒握拳後收回，深怕她又因為親密的舉動而又陷入昏迷。

他僵著嗓子說道：「肚子餓了嗎？我去幫妳準備吃的。」

「嗯，超、超級餓。」迎上他溫柔的目光，溫祈悅不自在的轉過臉。迭戈待自己依然像以前一樣很溫柔，只有她感到彆扭，因為還沒做好和吸血鬼講話的準備嘛。

驀地，溫祈悅皺了皺鼻子，貌似這房間有紅酒的味道，不對，這股味道好像帶點血味！莫非……他們吸血?!

腦海竄過這個想法，溫祈悅連忙摸了摸自己的脖子，檢查有沒有兩顆牙印，該不會他們吸她的血吧?!

正準備出房門的迭戈看見溫祈悅奇怪的舉動，不由納悶問道：「怎麼了？」

溫祈悅正欲開口說話，餘光眼角瞥見放在桌上、沒有喝完的紅酒杯，杯中的鮮紅色液體散發出一股淡淡的血味。

看見那噁心的深紅色，溫祈悅想起夢中的景象，怯怯地抓起棉被遮住視線，顫著嗓子說：「可、可以把紅酒拿走嗎？我不喜歡紅色，就像人的鮮血，好可怕！」

恰巧埃爾南拿著掃把走進來，看向迭戈，示意該如何應對。迭戈點點頭，說：「拿下去吧。」

埃爾南放下掃把，拿起紅酒杯關上門。溫祈悅皺了皺眉，空氣中仍流動著很淡的血味，她對吃

的食物味道很敏感，只要有一丁點味道都能聞得很清楚。

「裡面是人血？」

「人工血，混著動物血。」察覺溫祈悅很討厭血味，迭戈推開窗戶，讓空氣流通，「我們現在不常食用人血，但也需要進食，怕被別人發現，只好用紅酒代替。」

「你先清理一下房間，我要去幫小悅準備晚餐。」迭戈朝剛走進房間的埃爾南說道，便去廚房準備晚餐。

埃爾南小心翼翼綁起金色頭髮，盡量不濺到人工血液。拿著掃把將地上的碎片掃乾淨，然後拎著一條濕毛巾擦拭地板。

「我也來幫忙好了？」溫祈悅抓了抓頭，雖然不是自己用的，但讓屋主收拾挺不好意思，況且這裡是迭戈家，他是吸血鬼，家裡空氣帶點血味是很正常的。

「不用，妳只要躺在床上休息啦！」

「哦，真的不好意思。」見埃爾南使用平凡的方式打掃房間，溫祈悅不禁笑道：「你們不是有魔法？動動手指頭就成功清理乾淨啦。」

「小悅，吸血鬼也要保留體力，而且現在白色獵捕者力量越來越強，再加上一堆吸血鬼想……」

埃爾南一開口，嘴中酒氣瀰漫開來。溫祈悅整張臉皺成一團，摀住鼻子，「抱歉，你嘴巴裡的血味好重。」

埃爾南一驚，連忙壓住嘴巴，「對不起，我馬上去漱口！」

溫祈悅忙不迭的叫住埃爾南，「等等，你不用跟我道歉，是我該道歉，這裡明明是你們的住

處，你們又是吸血鬼，家中有血味是很正常的，我卻要你們接受我的要求。」

「不會啦！我知道人類無法接受喝血液，既然妳要待在這裡休息，我們希望給妳一個清新、寧靜、安全的環境讓妳休息。」埃爾南笑著轉身奔去浴室，「那麼，我先去漱口，等等會來繼續打掃！」

隨後，溫祈悅決定自己動手協助埃爾南打掃房間，兩人同心協力下，房間內的血味沒再聞到，換上一條乾淨的地毯，而在廚房準備晚餐的迭戈也差不多煮好晚飯。

溫祈悅決定用完晚餐後，把所有事情再次釐清，因為還有一些疑點讓她想不通。

惡夢裡出現的模糊男性聲音很像迭戈的聲音，卻呢喃著陌生名字——安娜塔西亞。

「安娜塔西亞，不怕，我會永遠陪伴在妳身邊。」

是誰呢？

晚餐餐點在溫祈悅的橫掃下，每盤菜掃光，不留一絲菜渣。

最初，她吃得很含蓄，很怕把桌上的菜全部吃光，迭戈和埃爾南沒得吃，但把一碗飯都嗑光後，她才發現迭戈和埃爾南從不吃熱騰騰的人類食物，吸血鬼唯一的食物只有——鮮血。

既然都不吃人類食物，也對人類食物沒有味覺，迭戈會煮飯讓溫祈悅很驚訝，能把食物的味道煮得那麼可口，想必練習很長一段時間。

「親王，怪不得你時常外出買食材，小悅太會吃了！」

埃爾南被溫祈悅驚為天人的食量嚇得晚餐時間都用目瞪口呆的表情看著。

溫祈悅不好意思白吃白喝，何況還吃那麼多，自動自發想洗碗，迭戈並沒有拒絕，任由她洗碗。晚餐結束不到一小時，溫祈悅大口吃著迭戈切好的水果，絲毫沒有因為晚餐吃下五碗白飯而有飽足感，嘴巴不停吃著。

「所以，赫爾蒂芬的復活和我有關聯，是因為我是安娜塔西亞的轉世，但是本部元老為何認定是我？你們從哪裡知道我就是安娜塔西亞？」溫祈悅很難想像茫茫人海中，吸血鬼居然能找得到自己，一定是有個依據才有辦法做到。

「因為在妳出生時，元老已經調查過妳身上的胎記。」迭戈指向溫祈悅的左胸口，「那枚胎記和前面兩世一模一樣，圖形是血葬花的原貌。」

經他這麼一提，溫祈悅才想起自己身上有枚很特別的胎記——是一朵花的圖樣，別人家的小孩胎記都很正常，只有她的特別奇怪。

「我不懂，安娜塔西亞和赫爾蒂芬結怨，並且對血葬花定下不明內容的契約內容，才導致我有心痛？」

這些年，她都是因為體內存在著不明契約而心痛。

「原則上沒錯。恐怕我在契約內容扮演很重要的角色，否則妳不會面對我而感到心痛。」迭戈自嘲笑了笑，「明知道妳會心痛，我還是接近妳。」

溫祈悅垂眸盯著自己的膝蓋，她不知道該說什麼，迭戈的表情很悲傷。

用完晚餐後，把所有前因後果都詳細的理解完畢。

她的第一世安娜塔西亞是迭戈的愛人，同時也是吸血鬼，因為赫爾蒂芬叛變而身受重傷，最後殺死赫爾蒂芬，和血葬花定下不明內容的契約，自此赫爾蒂芬成立的白色獵捕者和本部吸血鬼對峙

至今日。

可是她現在不是安娜塔西亞，面對迭戈深情愛追隨，她不知道如何面對這段感情。

誰能想得到，原本平凡的生活因為一次意外大轉折，生活一年的鄰居居然是愛了自己上百年的吸血鬼。

「所以現在白色獵捕者會追殺我嗎？」她只是個平凡的人類啊，居然有一堆吸血鬼要找她。

埃爾南嚴肅地點頭道：「現在白色獵捕者嗅到妳身上有赫爾蒂芬的氣息，一定會再來。而且只要妳存在，赫爾蒂芬復活的機率越大，我們本部的吸血鬼王族不容許情況越變越糟，一定會追殺妳。」

迭戈面色凝重地接續說：「經過稍早的戰鬥能百分之百肯定，妳與赫爾蒂芬息息相關。」傍晚那場戰鬥中，她的手不小心被牆壁劃傷，後來就聽見白色獵捕者喊著：「赫爾蒂芬復活！」

「可是我不知道我和赫爾蒂芬有什麼關聯啊。」她連赫爾蒂芬都沒見過，也不認識，哪來的赫爾蒂芬氣味？

溫祈悅越想越煩躁，不斷地吃餅乾思考接下來該怎麼辦。

簡而言之，現在體內有不明契約的關係，這個契約又和赫爾蒂芬復活有著息息相關，安娜塔西亞不知道許下什麼願望，導致她每次面對迭戈有怦然心動的情緒時都會心痛。

「那我的第二世發生什麼事情嗎？」理解完第一世的前因後果，溫祈悅想了解第二世。

做了N次的惡夢一定和這次事件有關聯，否則好端端的，為什麼會在夢境中聽見迭戈說的話。

迭戈從襟內拿出一張繪紙，把繪滿中世紀牢房的景色攤在溫祈悅面前，「這張就是妳的第二世

夢境。」

看見栩栩如生的畫貌，溫祈悅本能地打個冷顫，害怕的握緊雙手放在胸前，一旁的埃爾南則緊張地看著她，就怕她身體不舒服昏過去。

即使這幅畫是她親自繪畫，她仍害怕這個可怕的夢境。

「還好嗎？還是改天再向妳解釋？」迭戈指尖按著繪紙，猶豫是否該收起來。

「不，我想早點理清楚！說吧！」溫祈悅深呼吸，做好準備接受第二世的真相。

「嗯。」迭戈勉強收起對她的擔心之情，一字一字的公布真相，「妳的第二世，亞莎・連恩，西元一五九七年出生，匈牙利人，家境貧窮，在父親的要求下前往納達斯迪堡應徵女傭，工作幾個月後，在西元一六一〇年過世，得年十五歲，死因不明。」

「就這樣？」應該不只這些資訊，溫祈悅指著繪紙上的畫像，「這個地方是哪裡？你知道嗎？」

「有個美麗的女人曾經說過『越是驚恐的鮮血越是美味。請賦予我永恆的青春』是誰說的？我能聽見滑動在血池的水聲、聽見很多和我同年齡的女孩的尖叫聲，還有……」話聲頓了頓，回想中的溫祈悅抱住額頭壓抑痛苦。

「小悅！」迭戈神色一斂，三兩步上前仔細的觀察她的狀況，「別再回憶那些可怕的記憶！」

「小悅，別再想了！」坐在身邊的埃爾南不知如何是好，焦急地望著迭戈，「親王，送她回房間休息嗎？」

粗重的喘息自蒼白的唇瓣吐出，溫祈悅抓住迭戈的胳膊，急切地說道：「我沒事，不會再回想那些記憶，但是拜託你，把你知道的都告訴我！」

「如果妳一有不舒服，我不會再說下去。」迭戈用著十分嚴肅的目光瞅著她，在心裡琢磨了好半天才說：「說那句話的人是巴托里伯爵夫人，也是納達斯迪堡的主人。」

埃爾南從桌上取來幾張面紙，迭戈接過，溫柔的替溫祈悅拭去汗水。

「為什麼亞莎・連恩會死？為什麼巴托里伯爵夫人要說這種話？為什麼有一堆少女被關在地下室瑟瑟發抖，死於恐怖的刑具？」

對於溫祈悅來說依舊盲點一堆，真相恍若裹著一層帷幕，看得不清不楚。

「啊，那個可怕的伯爵夫人，說起她的經歷實在不知道該說什麼。」埃爾南臉色變了變，對於這段歷史，他也知道幾分。

迭戈思忖了半晌，娓娓道來：「伯爵夫人的一生過得不順遂。年幼之時被送到未來的婆婆家接受教育，婆婆待她又極其嚴格。幸好悲慘的童年在十五歲那年轉變。她嫁給菲倫茲伯爵，後來菲倫茲伯爵忙於戰爭不常在家，無聊的伯爵夫人只好收集珠寶和研究奇怪的咒術，長期的壓力和不愉快造就這樣的人，盲目地追求青春，陶醉在血欲之中，過完荒誕的一生。」

「所、所以就用刑具折磨人?!」

溫祈悅無法想像，無數個尖銳釘子刺進血肉之軀，會產生多大劇痛。夢境中的少女流著血，直到血液流乾，生命枯萎，才能解脫。

迭戈拿件外套披在溫祈悅肩上，他不想用冰冷的手直接碰觸她，於是隔著袖子握緊她的手，給予鎮定的力量。

「後來伯爵夫人呢？」溫祈悅感到氣憤，「沒有人去告發她嗎？難道就沒人懷疑那些一去不回的少女究竟是死是活？」

「亞莎要求我向波尼可祿國王揭發伯爵夫人的罪行，後來國王立刻命令圖索伯爵帶領士兵突襲城堡搜索，才將伯爵夫人的罪行公諸於世。」

迭戈避重就輕結束關於巴托里伯爵夫人的荒誕的歷史，避免溫祈悅回想地牢的景象。

「之後，我把亞莎救出來……原則上來說，她是我害死的。」

埃爾南和溫祈悅一怔。尤其是埃爾南先前並沒有從迭戈這邊聽過整件事情的面貌，他只知道亞莎就在迭戈初擁後就過世了。

迭戈的聲音變得沉悶，陰霾的俊容露出懊悔之色，「我向她告白後，她接受成為我的新娘，於是我把我的血和她的血混在一起讓她飲下去，執行初擁儀式，結果換來的是她的死亡……若我沒有向她提出成為我的新娘就好了！」

溫祈悅心情十分複雜，原來自己的第二世被巴托里伯爵夫人關在地下室，逃離納達斯迪堡，最後依然沒有活命的機會。

她不怪迭戈初擁亞莎，導致對方死亡，若不是有迭戈的幫忙逃出城堡，亞莎會死得更淒慘。

「親王，我不懂為什麼無法初擁亞莎？」雖然成為吸血鬼直至今日，埃爾南還未初擁過誰，也明白初擁後的意思。

「我也不明白。我初擁亞莎的瞬間，隱約感覺到赫爾締芬的充滿邪氣的氣味。」迭戈扶顎思考，回想當時的景象，他並沒有發現赫爾蒂芬現身。

「是血液！」溫祈悅吞下蘋果切片，彷彿發現驚人的事實，用著很激動的口吻說道：「你們忘了嗎？傍晚戰鬥時我受了傷，白色獵捕者有嗅到赫爾蒂芬的氣息。其實我一直不太懂，你們說我體內有契約，究竟是什麼形式存在的？好端端的，為何契約會延續我三世？」

「血葬花是冥界之物，一株實現任何願望的花朵，就看許願者許下什麼願望，所以會延續三世，除非解除契約。」

見過血葬花的吸血鬼很少，更別說見到它的吸血鬼能成功許願，就連他都沒有見過血葬花真面目。

溫祈悅托著腮幫子，「如果我放血一次，你們覺得呢？」話剛問完，兩人異口同聲地回絕。

「不行！」

「太危險了！」

赫爾蒂芬的氣息一定會引來其他白色獵捕者，現在埃斯克不在，萬一來的白色獵捕者太多，他們無法應付，而且迭戈說什麼也不願意溫祈悅流血受傷。

最後，這件事情不了了之。

當天晚上她本想回家睡覺，豈料迭戈擅自將她的換洗衣物和盥洗用具帶來他家，擺明要她在這裡住下來。

溫祈悅心知目前情況不容許一人住在家裡，白色獵捕者不知道何時會過來、本部吸血鬼何時會發布獵殺令。

再三考量下，她決定暫時住在迭戈家。

雖然她知道迭戈並不會傷害自己，可是和兩個男生住在同一個屋簷下，很難為情啊！

⦿ ⦿

匈牙利，Xienpa本部。

星斗佈滿整片夜幕，依舊是寧靜的一夜，蕭瑟的晚風吹拂而過整片種滿薔薇花的小園子。

位於葡萄藤架旁的椅子上，坐著一對互相親密擁抱的男女，粗喘聲迴盪在寧靜安詳的花園裡。

不稍片刻，被壓在椅子上的女子挑情扭動纖細的腰肢，像餓虎般的撲上男子，扒著襯衫鈕扣、猛烈的親吻他嘴唇，忙碌的把手伸進衣服內。

「妳知道嗎？有一瞬間，妳是最美的……」男子清冷的聲音透出無盡的嫵媚，冰涼的手指滑過她帶著汗漬的無瑕脖子。

「什、什麼時候……哦……」女子發出迫切的呻吟聲，不斷的拉扯他的褲子。

進入高潮的女子沒有發現藤架附近的樹梢上坐著一個男人，以看戲的心態將整齣血脈噴張的色情戲碼看得透徹。

埃斯克歪頭打量正在起勁的他們，每個月初十五都會在這裡看到煽情的畫面。通常他會選擇避開，不過今晚有急事必須商議，他只能無奈的坐在樹梢等待。

玩得正起勁的男子慢慢將唇瓣湊近女子的耳窩處，斜視了埃斯克一眼，然後一口熱氣吐納出來，低語道：「那當然是……」

男子還未說完話，張口將尖銳的牙齒刺進她的脖子內。

只聞女性放蕩的粗喘聲轉為驚恐，直至漸小，在無半點聲音。

不稍幾秒，男子翻身坐起，伸出舌頭舔了舔唇角的血絲，露出滿意的神情。

埃斯克從樹上跳下來，看見站在藤架旁的男子彎著腰，折下一株藍花楹，無聊的在手裡甩來甩去。

「不去玩薔薇，跑來玩我的藍花楹。」埃斯克雙手插著口袋，緩步走來。

「薔薇死了。」瞥了眼躺在椅子上已無氣息的女子，男子故作傷感的說：「好不容易有心動的感覺，真可惜。」

可惜？埃斯克可不這麼覺得，他想心動的感覺想必是對血的動情吧？只要是名為薔薇的女人，幾乎都會淪為亞特的齒下亡魂。

埃斯克轉眸看著椅子上的屍體，掐指算了算，對這情況已司空見慣，「亞特，那女人叫薔薇，是第一千八百五十號的薔薇吧。」

「哎，有這麼多囉？」亞特那雙美麗的紫羅蘭色眼睛露出吃驚之色，乍看下有幾分假惺惺，「埃斯克，準備幫我找第一千八百五十一號薔薇囉，否則我無聊就得殺去找你的藍花楹妹妹，我知道你絕對不會想讓我去找你的藍花楹妹妹。」

「只要你不靠近小悅，我會找十個薔薇給你。」

埃斯克心想，十個總能給亞特度過快樂的十個月，暫時不會奉元老的命令追殺小悅。

「哦，王！你想把我搞到精盡人亡嗎？」亞特打趣地說，發現自己手指沾上女人的血絲，立刻含在嘴裡吸乾。

「那就別提小悅。」埃斯克語氣平淡的說。

亞特偏頭輕笑，「我也很無奈呢。你離開的這幾天，元老一直在我耳邊碎碎唸不停。你要知道，我很久沒出任務，萬一失敗，我在暗殺部隊的龍頭地位就不保了。」

「放心，我不會讓你難做人，你現在盡量幫我拖延，我要去找彼岸花。」

彼岸花？那不是……亞特笑意僵住，旋即不以為然地說：「事情真的有那麼嚴重？」

埃斯克不語，繃著一張肅穆的表情。

亞特收回漫不經心的態度，免得惹惱血族之王。雖然兩人名義上是朋友，但王歸王，屬下歸屬下，階位必須搞清楚。

「對了，記得幫她把咬痕復原，然後快點處理掉。」瞥了一眼燈火通明的城堡，埃斯克說：「還有，城堡為什麼那麼安靜？」

每當到了晚上，許多住在城堡裡的吸血鬼便會跑出來遊蕩，今晚意外的安靜。

「因為開派對物色去了。呵，我也要去參一腳了。元老現在在城堡裡面，如果你沒什麼事情，就別進去囉，別怪我沒提醒你。」亞特那雙桃花眼妖孽的眨呀眨，「王，小的先告退。」

得到埃斯克的允許，亞特一手拎起屍體，嘴裡施咒，眨眼間消失在偌大的花園，留下埃斯克一人。

埃斯克微微仰起頭，注視著恍若銀河的夜空，星光閃耀的光輝彷彿融入了他悠遠的目光。

第四條　白色獵捕者的突襲

昨天晚上溫祈悅想了很多，不知道要用什麼心態面對一隻吸血鬼，似乎得花很多時間熟悉和迭戈的相處、第二世的血腥惡夢依然在腦海中上演，諸多的原因讓她的心情有些煩悶，可沒想到兩人隔天上學仍和以前一樣很有話聊。

這讓溫祈悅想通了，不管迭戈是什麼身分，依然都是好同學、好鄰居，是絕對不會傷害自己，既然迭戈對自己那麼好，她不想要繃著一張侷促不安的臉和他說話，會令他很難過。

「咕嚕咕嚕」肚子不合時機的響起飢餓的聲音，兩個男人的目光齊齊轉向溫祈悅。

「看、看什麼看，我餓了。」摸著肚子，溫祈悅紅著臉，目光凜然的回瞪。

「噗。」埃爾南調皮的眨眨眼，拎著手裡空蕩蕩的袋子，「聲音好大哦，不是才剛吃完紅豆餅嗎？裡面的十塊紅豆餅都被妳吃了！」

溫祈悅是女孩子，聽到被揶揄也會覺得難為情，「沒辦法嘛，我的食量很大，都是體內契約害的，不准再說囉，除非你想掉牙！」掄起拳頭，晃了晃戴在手腕的銀色瑪瑙手環。

「再忍耐一下，我馬上去準備晚餐。」

迭戈笑了笑起身，不再搭理他們。他相信祈悅只是說好玩的，並不會真的把埃爾南牙齒打斷。

「今天想吃牛排，我要綜合喔！」溫祈悅開心地跳上沙發，兩條腿晃呀晃，十分的愉快。

「什麼綜合？」埃爾南沒有聽過牛排還有綜合的。

溫祈悅掐著手指頭，一一數來，「牛排、豬排、雞排、羊排，四個吞下肚，一次滿足！」話方

說完，只聞她的肚子又咕嚕咕嚕叫了，聲音大到坐在沙發對面位置的埃爾南聽得一清二楚。

「肚子在哀號了，哈哈哈！」埃爾南活脫脫像個調皮搗蛋的七、八歲少年，壓根忘記溫祈悅幾分鐘前的警告。

完笑話剛落下，埃爾南那頭引以為傲的金色髮絲就被溫祈悅狠狠揪住，猛的一扯，他痛得哇哇大叫，根本沒有吸血鬼該有的模樣。

「哇啊啊啊啊！不要拉我頭髮，我保養很久了，放手放手！」

埃爾南最喜歡自己的金色長髮和湛藍色眼睛，這是脫離悲慘人類生活前，父母親唯一送給他最好的禮物——燦金色象徵永不放棄的希望，湛藍色象徵海闊天空的夢想。

「親王大人沒有交過你，不可以隨便笑女孩子嗎？」溫祈悅不是個壞女人，誰叫埃爾南長得幼齒臉，讓她好想欺負。

「嗚嗚，我錯了，放、放手啊！」

捂著臉頰、呆愣的看著溫祈悅的埃爾南，嬌嫩的玫瑰色唇瓣微微啟著，流露出讓人想一親芳澤的無辜感。

「唉，真是的！」溫祈悅臉不禁紅了，指腹揉了揉他的頭皮，「好熱，我去洗把臉和洗腳。」

明知道埃爾南的年紀比自己大，可她看到那張正太臉，忍不住把他當作國中生弟弟看待。

溫祈悅邊走邊脫下襪子，扔進放在浴室入口處的洗衣籃，關上門梳洗。

埃爾南理了理凌亂的頭髮，展現吸血鬼特有的高速速度，一轉眼來到廚房門口，「親王大人……小悅該不會也常常這樣對你吧？」

「呵呵，自然不做作，她很可愛吧。」

人雖然在炒菜，油煙機隆隆作響，可是聽力極好的迭戈仍把客廳發生的對話一字不漏聽進去了。

迭戈的話並不是詢問埃爾南的疑問句，而是肯定句，這話聽在埃爾南耳裡無法認同。

「貪吃鬼、扯人頭髮、拿手環威脅別人……哪門子的可愛啊？根本是粗魯的女人。」

埃爾南小聲地碎念，想起很久以前他那個年代的女孩子各個都是氣質淑女呢。

迭戈端著剛煮好的熱騰騰菜餚地給埃爾南，要對方拿出去，「如果你以後談戀愛就知道囉，就知道什麼是情人眼裡出西施！」

埃爾南將菜放上餐桌，瞥了眼仍關著門的浴室，小聲地問道：「親王，這一年間，小悅有喜歡上你嗎？」

迭戈沉默了一會兒，臉上的笑容浮現一抹憂傷，隨即笑了笑，「無所謂，只要她這一世過得好就好，我情願她永遠不要喜歡上我，因為會承受椎心之痛，我無法看見她痛苦的模樣。」

就算埃爾南沒有談過戀愛，看見迭戈那麼惆悵的表情，心裡也不好受，心愛的人就在自己面前，很想獲得對方的愛情，無奈契約的關係，只能保持距離，說出違心之話。

迭戈拍了拍埃爾南瘦弱的肩膀，「開心點，別在小悅面前露出悲傷的表情，她會有壓力的，儘管靈魂都是安娜塔西亞，是我愛的女孩，但這一世是溫祈悅，我和安娜塔西亞之間的感情，隨著她的死亡，消失在歷史洪流中吧……現在我只想要守護她就好了，你能陪我一起守護嗎？」

「嗯，沒問題的，親王！」埃爾南鄭重發誓，「我也會陪伴在你身邊。親王，你不孤單的！」

「哇啊！」浴室突然傳來溫祈悅的尖叫聲，人在廚房的兩人以為白色獵捕者或吸血鬼王族殺過來，急急忙忙衝到浴室察看。

「小悅，發生什麼事情？」迭戈用腳踢開門，一見溫祈悅呆坐在溼答答的地板愣住了。

「小悅，咦？」緊追迭戈身後的埃爾南看見浴室的景象，瞪大雙眼，為什麼洗個腳和臉，可以把浴室弄得彷彿大戰過後，放在架子上的瓶瓶罐罐全都散落在地。

溫祈悅關掉蓮蓬頭，把溼答答的劉海往後撥，「啊，不好意思驚動你們。洗腳時不小心跌倒啦，沒事沒事！」

落在她身上的視線隨著她的起身而凝滯，迭戈閃電般衝上前，單手抓住她的肩膀，將她往角落推去，用自己的身軀擋住埃爾南的目光，頭也沒回地說：「埃爾南，去我房間拿小悅的衣服。」

「好！」埃爾南不太明白迭戈為什麼突然衝向溫祈悅，離開前好奇的朝他們所在方向望了一眼。

溫祈悅被他沒頭沒尾的動作嚇到，圓睜著眼吃驚說道：「你、你幹嘛突然衝上來？」

「還問，妳的衣服都濕了……」迭戈害臊的把目光挪開，一直盯著面前的牆壁，而不是看她。

「啊喔……」

還啊喔？迭戈不知道該說什麼，溫祈悅未免太後知後覺，她也只有在吃東西時，腦筋特別的靈光，知道自己吃了幾碗飯、幾塊肉、幾包餅乾、幾杯飲料等等。

溫祈悅低頭看著自己服貼在身軀的衣服，害羞的微微轉過身，半面身子貼住牆壁，迭戈不由自主被她的舉動吸引住目光，好奇的朝她看去。

水滴順著她的額角滑落臉頰，在曲線優美的脖子留下一條透明的痕跡，近距離之下，他能感覺到她淺淺的呼吸、逐漸加快的心跳，跳著規律律動的脈搏，血液在血管裡的滑動，所有景象慢慢拉扯他內心深處的慾望。

人類的血液是世上最美味的佳餚，即便現在他以動物血液取代人血，也掩蓋不掉吸血鬼本身的飢渴慾望。

溫祈悅忽然抬頭，與迭戈那雙美麗的紫金色眼眸四目交會，心跳聲在這瞬間增快，她幾乎以為周圍的聲音只剩下自己的心跳聲。

望著她的紫金色眼眸倏地閉上，迭戈驚惶的壓下湧上喉頭的飢餓衝動。

「我、我先出去。」

說話之間，微張的嘴唇隱約露出尖銳的獠牙，在背對溫祈悅朝門外走去時，他張開嘴再次大口呼吸，獠牙必須過幾分鐘才會隱去。

剛才只想暫時遮住埃爾南的視線，現在人去樓上拿衣服，他自己沒有必要待在浴室。仔細想想，直接把門拉上就好，何必多此一舉？一遇到溫祈悅，理智全部飛光光！

迭戈搖頭嘆氣的替她關上門，恰巧埃爾南也拿把衣服拿來。

「接住！」迭戈將衣服拋過去。

溫祈悅下意識地轉身接衣服，然後抬頭想向迭戈道謝時，發現他的視線很僵硬，她很快知道讓他看到不該看的，立即轉身像蜥蜴的姿勢貼著牆壁。

「謝、謝謝！」

身後傳來迭戈的低笑聲，溫祈悅抓了抓頭髮，對自己的舉動感到懊惱，想遮曝光的胸前用手稍微遮一下就好啦，幹嘛做奇怪的舉動？

不過，這是她第一次看見迭戈說話結巴，以往的他很淡然，說話溫柔且斯文，沒有像現在用落跑的姿勢離開。

「呵呵。」溫祈悅換下濕掉的衣服，邊偷笑，「迭戈也太可愛了吧。」

回想方才兩人待在一間不算大的浴室，被他圈在角落裡，她的心跳跳得很快，腦海一片空白，

一度想推開他離開浴室，可是衣服是濕的，無法隨便出去。

「討厭，我的心跳為何每次面對他都有一種小鹿亂撞的情緒呢？」溫祈悅穿好原點短褲，自言自語，忽然一陣強烈的心痛讓她身子不穩，必須扶著牆壁才能站穩。

彷彿被人狠狠挖個窟窿，冷汗一滴一滴地滾下額頭，溫祈悅痛到眼眶泛出淚水，低聲喚著他的名字。

「迭戈……」

每當意識到對他產生異樣的感覺時，劇痛會毫不留情的折磨自己。最近頻繁地出現，已經讓她不知道該怎麼辦。

溫祈悅住進迭戈住家後過了一周，窗外依舊是朦朧撩人的夜色，埃爾南懶洋洋的躺在沙發上喝著紅酒，接收來自本部的小道消息。

當他正想收回水晶球時，透明圓球的三分之一部分浮現一張蒼白無色的臉孔，棕色眼眸、杏灰色的長髮，吸血鬼的嘴巴不停的開闔，用魔法將聲音消匿，使用唇語不知道說了些什麼。

埃爾南沉重的點點頭，神情越發嚴肅，好像發生了大事情。

溫祈悅一進門便看到對著水晶球說唇語的埃爾南，她知道這是吸血鬼的魔法，防止有人在對談時竊聽，既然這是加密魔法，她沒有必要避嫌離開。

大大方方的坐在埃爾南對面的沙發，溫祈悅托著下巴望著窗外的夜色，偶爾朝對面的正太吸血鬼投去一眼，回憶這段期間和他們的相處。

埃爾南是位愛美、裝可愛、無邪、天真、賣萌的吸血鬼，有他在的住宅充滿歡笑聲。

她也喜歡逗他，尤其先前拉扯他的頭髮後，埃爾南每次看到她都很乖巧，不再嘲笑她的大食量，卻在她轉身之後做出一堆可愛的鬼臉，令人想生氣都沒有辦法。

至於她對迭戈的感情越來越模糊，每天晚上睡覺做惡夢時，都是他陪伴在身邊給予安慰，讓她很感動。當她睡得冷時，他會陪伴在她身邊、打開暖氣，直到睡著。

有一次她沒有完全睡著，就聽見埃爾南和迭戈的對話——

「一遇見小悅，我整個人靜不下來，無論是睡著或是清醒，只要有關她的事情一直佔據著腦海。」

「其實將我是吸血鬼的事情告訴小悅，我很怕她生氣，怕她怪罪我，為什麼要隱瞞？也很怕她討厭吸血鬼，畢竟第二世的經歷太可怕了，不喜歡鮮血的她，絕對不會喜歡喝血的我，但轉個念想，若被她討厭的話，只要再讓她重新認識我就行了，即便不喜歡我也沒關係，喜歡上我，她的心會痛。」

「痛苦，我一個人承擔就夠了，走過上百年的時光，對我來說並不孤單，因為我知道下一世依然能見到小悅，她消失，我就去找，不停的找尋。」

聽得出來迭戈很苦惱，低沉的嗓音透出無法忽略的憂傷，這番告白之話令她不禁產生悸動與感動。

但是這種情緒的滋長，她的身體彷彿不屬於自己，一種來自體內深處的恐懼逼迫放棄這份情愫，胸口彷彿被人下了詛咒，一次次承受掏空的劇痛。

「親王，大事不好了！」

埃爾南著急的呼喊聲拉回溫祈悅的神智。

只見埃爾南啪搭啪搭的跑下樓，她好奇的追上去，還未走到廚房，就聽見迭戈手中的鍋子重重放在水槽裡，發出砰咚的聲響。

「埃斯克不是說他會請亞特拖延時間嗎？埃斯克該不會還在拿彼岸花?!」

「我沒有收到王的消息。」埃爾南搖搖頭，說：「親王，彼岸花不是沒有在人間嗎？王他要如何去拿？」

「這不用擔心，他自有辦法進去，我擔心的是……」

迭戈打開水龍頭，嘩啦啦的水聲立刻掩蓋住兩人的聲音，躲在牆壁後的溫祈悅聽不見後續的談話內容。

看這兩隻吸血鬼似乎忙得蠟燭兩頭燒，溫祈悅從牆壁後面走出來，冷靜的詢問：「發生什麼事情？」

迭戈轉過身，臉上完全看不出來幾秒前緊張的神色，一臉溫和的問道：「小悅，晚餐還要再等一會。」

溫祈悅明白迭戈絕對不會把煩惱的事情說出來，他是想將自己納入安全、無憂無慮的生活環境，由他自己去阻擋任何對她會產生威脅的人事物。

他總是這樣，把她當作寶一樣的呵護，可是她並不是溫室裡的花朵，即使不夠有能力，她也想替迭戈分擔一些煩惱。

她知道自己是平凡的人類，沒有能力能打倒一隻吸血鬼，但也不願意眼睜睜由迭戈付出心血守護自己，卻什麼也不知道！

溫祈悅雙手環胸的走近迭戈，嚴肅地催促，「別扯開話題了，我問的不是晚餐，而是要你們把剛才的對話告訴我！我有權利知道，因為我是這次事件的關鍵人物！」

「嗚——嗚——」的奇怪聲音突然由遠處傳來，漆黑的夜幕似乎有什麼東西急速飛來。

埃爾南瞇起湛藍色的眼睛，盯了幾秒後，突然大叫：「親王，是白色獵捕者！」

不稍片刻，猶如砒霜慘白面容的白色獵捕者站在圍牆上，一團被慾望蒙蔽內心的白色無味氣體附身的吸血鬼身體已不成人型，身軀駝背，四肢彎曲的非常詭異，血紅色眼睛死死盯著屋內的三人。吸血鬼張開大口，瞬間曝出帶著腥甜的赫辛味道，空氣中流動著殺戮之氣。

「他們為了什麼而來？」一抹冷笑的弧度自嘴角浮現，迭戈緩緩後退幾步，將溫祈悅護在身後。

「親王，我們身上並沒有他們想要的東西，多半是前陣子小悅受傷被他們盯上了。」埃爾南那雙藍色眼眸精光一凝，正式進入戒備狀態。

「不如瞬間移動到別的地方？」

溫祈悅自迭戈身後探出頭，第六感告訴她——情況似乎不樂觀，那些噁心的白色獵捕者站圍牆上蠢蠢欲動。

「來不及。他們已在我們的結界外多設一道結界，徹底把我們困住。」迭戈伸手握住她的手，輕聲說：「別怕，有我在。」

溫祈悅按捺住心頭的焦慮，老實說她不是害怕，而是擔心。

有十個吸血鬼站在圍牆上，現下迭戈必須分出心力保護普通人類的她，只怕迭戈和埃爾南心有餘力而不足。

只是為了不讓他們擔心，現階段她不能表現出懦弱害怕的姿態，必須讓他們放心戰鬥！

為首的吸血鬼手一揚，玻璃窗戶立刻嘩啦啦碎裂一地。

迭戈冷喝一聲：「埃爾南，召喚結界，保護小悅！」

與此同時，白色獵捕者如同獵豹蓄勢待發，發出怪物的嘶吼。

話音落下那刻起，眾多吸血鬼散發出赫辛的味道，空氣在這瞬間炸裂開來，只見好多隻吸血鬼縱身掠動，如同螺旋狀般急速襲來。

嗅到焦糖氣味的溫祈悅覺得心臟有些疼，一時之間恍神不動，迭戈幾個箭步衝回她身邊，緊緊扣住她的腰，把她帶去角落。

迭戈轉身衝向戰場，埃爾南飛速在她周圍設下防護罩，跟著迭戈踏入血腥爭鬥中。

吸血鬼的白色身影迅速擠壓，幻化成一道模糊的幻影，導致迭戈與埃爾南的攻擊無效，節節敗退，被逼得放出防護罩抵擋。

白色獵捕者的攻擊毫不停歇，接二連三的從口中射出口中藏青色的能量核，將房子內所有東西通通震碎、牆壁裂開巨大的裂縫、樓梯崩裂，接連影響到溫祈悅的防護罩。

地面一陣天搖地動，溫祈悅好不容易穩住身子，白色獵捕者似乎不肯放過她，多個能量核撞擊而來，試圖攻破薄薄的防護罩。

溫祈悅縱使心急，卻不能為他們有所幫助，懊惱的看著眼前情勢。

埃爾南箭步一邁，眨眼間已撂倒一隻吸血鬼。迭戈一股氣攻擊許多白色獵捕者，企圖將他們的注意力從她轉移到自己身上，與埃爾南共同突擊吸血鬼，銀藍色的光團迎上能量核，在狹窄的花園爆炸開來。

耀眼的光芒刺得溫祈悅睜不開眼，當光芒褪去後，只見埃爾南被藏青色光團擦撞到，整個人被

彈到遠處的草皮上，同時間，保護她的結界跟著消失。

埃爾南身子陡然一震，痛苦的趴在地上，發出呻吟聲：「小悅，快逃……」

沒有結界保護的溫祈悅，人類的氣息完全顯露出來，成為白色獵捕者的獵殺目標。

「小悅！」

迭戈神情不由驚惶，急忙收回攻勢，以極快的速度想在她的四周布下結界，可吸血鬼團團包圍住迭戈，打斷他的施法。

四周狂風呼嘯，赫辛的味道越發濃烈，濃烈到十分嗆鼻，即便焦糖的味道很香，混雜血液的焦糖味卻令她作嘔。

藏青色光團擊向溫祈悅身後的碗櫃，埃爾南情急之下，只能動用法力，將小部分光團轉移軌道，但依舊不敵白色獵捕者的能量威力。

溫祈悅趁機逃離碗櫃附近，仍是被爆炸後飛濺的碎片割裂幾道口子，血液順著傷口流了下來。

剎那間，屋內所有吸血鬼紛紛順著血味看著女孩。

「啊……」

碎片劃破皮膚，溫祈悅痛得整張臉都皺了起來，眼前的危機逼得她不斷的逃竄，狼狽的拿起身邊能丟的物品丟向白色獵捕者。

「哈哈哈哈，是赫爾蒂芬大人！」白色獵捕者發出刺耳的笑聲，彷彿期待了很久，終於找到赫爾締芬的蹤跡。

「不准你們傷害她！」

看見溫祈悅傷痕累累，迭戈壓制已久的怒氣爆發出來，為了想保護的人，第一次凝聚出無比強

大的藍色光團，剎那間炸得吸血鬼化為塵煙，剩下一半的人數。

殘存的白色獵捕者決心拚死搏鬥，朝著目標物——溫祈悅衝了過去，藏青色能量的光團比先前的攻擊還要來得大。

「小悅，小心！」迭戈身形一轉，掠動來到溫祈悅面前，替她擋下吸血鬼猛烈的追擊。

看著擋在面前捨身保護的迭戈，溫祈悅心裡既震撼又愧疚，眼中映滿他痛苦之色，沒想到危機時刻，他竟然能付出這麼多，可她卻無能為力，第一次厭惡身為普通凡人。

心底深處彷若有種深刻的感動湧出，溫祈悅終於控制不住，衝上前擁抱住他。

「迭戈，對不起！」

迭戈渾身一震，主動的擁抱對他來說是奇蹟的禮物。自從安娜塔西亞死後，他就再也沒機會能得到她的擁抱。

他摟住她的腰，邊溫柔地笑說：「說什麼蠢話，妳是我值得保護的人，不論是生是死，我願意付出我的生命。」

其餘的白色獵捕者眼見很難攻破迭戈設下的防護網，分成兩隊，一隊轉身攻擊躺在地上虛弱喘息的埃爾南。

這一幕落在迭戈的視線範圍內，作勢飛衝上去接下這波攻擊，沒想到這次的攻擊是白色獵捕者狡猾的聲東擊西招式。

「住手！」

停留在一旁不動聲色的另一隊白色獵捕者抓緊時機從兩側夾殺迭戈，逼得迭戈急忙召喚防護罩擋下這波攻擊。

等到迭戈察覺到時，已經來不及衝回溫祈悅身邊，眼睜睜看著白色獵捕者企圖擒住她的雙臂。

「小悅！」

溫祈悅立即拔腿向後奔跑。就在白色獵捕者扣住她的雙手時，她的身後捲起一股涼涼的氣息。

還未等她反應過來，一道身影擋在面前，刺眼的亮光中，似乎看見了一頭飄逸的紫色長髮，狂風將那個人的頭髮吹得凌亂。

一抹紫色的光芒在眾人面前組織成一個詭異的符文，快速將白色獵捕者團團包圍。

不出幾秒，紫色符文慢慢縮小，束縛住白色獵捕者變形的雙臂，竄進他們的雪白色肌膚，蔓延至全身，最終在額頭處出現一枚紫色符文。

「亞特！」迭戈眼中滿是震驚，喊出紫髮男子的名字。

「愣著做什麼，加入幫忙！」

收到亞特遞來的眼色，迭戈兩手凝聚銀色光團，擲向企圖離開而飛高的白色獵捕者，銀色光團分裂出多道閃電銳芒，穿過白色獵捕者的身軀，直搗地面。

亞特拿出一面晶瑩剔透的紫色水晶鏡子，嘴裡喃喃施咒，利用反射將朝自己攻擊的藏青色光團反射回白色獵捕者自身。

只聞白色獵捕者發出嘶厲的尖叫聲，似乎要為戰鬥進入最後的火拼，連續射出兇猛的藏青色光團，光團之中隱約能見幾只蒼白的觸手想捏碎紫色水晶鏡子。

「髒貨，憑你們還敢弄髒我的鏡子，真是不要命了吶……消失！」亞特優雅的聲音透出幾分陰戾。

在亞特話聲落下之際，溫祈悅就見白色獵捕者的身軀慢慢支離破碎，化作飄渺白煙消散在空

氣中。

溫祈悅目瞪口呆看著將自己的手舉起來的來人，不明白為何亞特要抓住自己的手？

戰鬥結束，她才有機會看清楚救了自己的吸血鬼——濃密的睫毛下搭配一雙紫羅蘭色的桃花眼，微微彎起的嫵媚的眼波就像是在笑，上揚唇瓣的色澤如同玫瑰花般嬌嫩。

這個男人給她的感覺只可遠觀，不可有太過近距離的接觸，隱藏在笑容之下的本性絕對不像表面那樣親切。

「哦，妳就是藍花楹吧。」亞特不吝色的勾出一抹顛倒眾生的笑容，抬起她的手背，溫柔的落下見面之吻。

溫祈悅是生活在T鎮的現代人，親吻手的禮儀從來沒遇過，更別說被第一次見面的吸血鬼親吻手背，管他是不是在表達禮儀，她真的被嚇到了，本能飆罵對吸血鬼不太好聽的稱呼。

「放、放開我，吸血蛭！」

被亞特握住的右手稍稍使勁想抽回，下一瞬間卻被一隻冰冷的男性手掌握住，她驚訝轉眸看去，竟然是迭戈。

迭戈一把將溫祈悅拉到身後，佔有性的牢牢護著女孩。他注視著亞特輕佻的桃花雙眸，淡淡地開口說：「多隆親王，許久不見。」

「唉呀，迭戈，咱們老交情了，幹嘛這麼客氣呢？」亞特瞇起輕佻的桃花眼眸，唇邊彎起一抹妖豔迷魅的笑容，略微朝右側對迭戈身後的溫祈悅笑說：「淑女怎麼能說這種話呢，血蛭這種東西真令人不敢恭維。」

還沒等迭戈回話，溫祈悅覺得亞特更奇怪了，一副裝熟的模樣，下意識的頂嘴回去，「關你屁

事！」

亞特的臉皮抖了抖，即使被溫祈悅沒有氣質的話給嚇到，他唇邊依然噙著一抹優雅的微笑，紳士性的讚賞，「迭戈，這就是埃斯克和你的藍花楹？呵呵，多麼有個性……」

迭戈無奈的訕笑著，要求溫祈悅帶受傷的埃爾南到一旁休息一下，否則她會繼續罵亞特。

雖然亞特有好脾氣，但不代表能被人類女孩隨便亂罵。

亞特的身分在吸血鬼本部佔有一席之地，而且還是華元老那派的人。現在時機敏感，他不想要惹事生非、不想讓溫祈悅和亞特有太多交集。

「放心，不要一臉怕我搶你女人，我只對薔薇有興趣，看不上藍花楹。」

亞特從容不迫的把鏡子收起來。雖然嘴巴上說沒有興趣，可眼睛牢牢鎖住溫祈悅不放，不曉得在算計什麼。

這抹眼神讓迭戈說不出的厭惡，伸腳踢走腳邊的陶瓷碎片，「你是奉元老的命令來嗎？如果是想殺了她，我絕對會反抗到底。」

收回打量的目光，亞特聳了聳肩，對迭戈的厲聲質問很失望，「我什麼話都沒說呐，你就把我貼上和元老同一國的標籤。唉，你跟埃斯克一個模樣，見面的第一句話就是和我爭鋒相對。」

溫祈悅扶著受傷的埃爾南坐回沙發，蹙眉看著那隻做作吸血鬼。

哈啊……怎麼搞得，她第一次看見如此噁心的吸血鬼，用一張妖孽臉龐裝模作樣。

她湊向埃爾南低問：「他誰？」

埃爾南虛弱的躺在沙發上，施展治癒魔法治療自己的傷勢，「亞特・多隆，匈牙利Xienpa本部的大總管，兼任暗殺部隊的老大，任務是專門狙殺反叛的吸血鬼，通常能指使他的只有元老。」

「親王位階比大總管小？」

「不能完全說小，親王是很尊貴的階位，受所有吸血鬼尊敬，也有各自的領地，但亞特身分特殊，是元老面前的紅人，只要元老下令殺掉親王，亞特就有資格殺掉。」

溫祈悅心想，所以論地位，迭戈和埃爾南比亞特來得低，表面上親王雖然比大總管來得高尚，一旦親王犯下大錯，擁有逮捕權的亞特可無條件狙殺。

「既然是狙殺吸血鬼，他來這裡做什麼？」溫祈悅話剛說完，旋即靈光一閃，「該不會是來殺我?!」

埃爾南正想開口，亞特踩著優雅的步調靠近溫祈悅，修長勻稱的手指搭在她的肩上。

「藍花楹小姐，麻煩您讓個位子給我，好讓我順利醫治埃爾南，他傷勢太重，一個人無法治療好。」

溫祈悅迎上亞特仿若流螢搖曳的妖嬈眼神，隨即又瞧了瞧他搭在自己肩上的修長手指，沒好氣的說：「放手，血蛭，我們沒有熟到可以搭肩。」

管他地位是否高於迭戈，她就是看不慣自以為優雅的吸血鬼，誰知道亞特會不會突然把她喀擦了！

不過亞特為什麼一直稱呼她為藍花楹？

藍花楹不是一種花朵的名字嗎？

◉　◉

白色獵捕者襲擊過後，幸好房子外面有層防護罩，從外面看來只是一棟普通的民宅，完全沒有

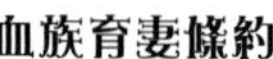

人類瞧出戰亂的痕跡。

當天晚上，三位男性吸血鬼和一位女性人類共同生活一個晚上，待在沒有被戰鬥波及的二樓歇息。

亞特突然出現在這裡，讓迭戈和埃爾南鬆脫了口氣，幸好有他的出現，否則後果不堪設想，但高興歸高興，他們即將面對沉重的事實。

亞特的到來，絕非幫助他們化解白色獵捕者的逆襲，而是奉元老的命令來這裡商量、或表達元老們的決定。

結果不外乎有二。其一，溫祈悅當場被亞特殺死；其二，溫祈悅被帶回匈牙利本部，下場未知。看來元老已經不能再等下去，亞特此行必須二選一做出選擇，在埃斯克尚未回來之前，迭戈和埃爾南勢力單薄，不足以撼動元老們的決策。

經過第二次吸血鬼大戰，溫祈悅的膽子與鎮定能力也比第一次良好許多。

當然，這僅止於表面，內心世界早已掀起忐忑不安的情緒，就怕亞特為了殺死自己而傷害到迭戈和埃爾南。

她擔心自己的性命，更擔心身邊的人的安危。或許迭戈的能力能和亞特不相上下，可是一旦開戰很有可能造成傷害。

此時此刻，溫祈悅坐在床上，身邊則躺著復原力極強的吸血鬼埃爾南。

迭戈則坐在離溫祈悅較近的地方，手指一下沒一下的敲著桌面，盯著正愜意品嚐紅酒的亞特。

高腳杯裡的血紅色液體隨著杯子的搖晃，起了些許的波動，亞特的嘴角揚起一抹愉悅的微笑，

「戰後補充養分，果然滋味不同凡響。」

溫祈悅不以為然的挑挑眉。見鬼的補充養分，味道臭死了！有話就快說，何必待在這裡品嚐紅酒？

察覺到溫祈悅皺著眉毛，一臉不喜歡血味，迭戈清咳了幾聲，說：「亞特，迅速喝完吧，味道很重。」

「這種東西就是要用鼻子聞一聞再飲下去，才是美味。」雙唇漾著盈盈的血紅光澤，亞特那輕佻的一瞥，無盡的媚惑且誘人心醉。

溫祈悅心知迭戈為自己著想，朝他搖搖頭，示意自己可以忍耐血腥味。

亞特的身分很特殊，現在就順著對方的意思走，否則對方一個不悅，對迭戈做出不好的事情該怎麼辦，因為從亞特進門起，直到現在三十分鐘已過，亞特都沒說明此行的真正目的。

迭戈嘴角揚起一抹溫和笑容。

兩人眉來眼去的場景剛好落入亞特眼底，他一口仰盡殘存的血液，然後放下杯子，如同貓兒般慵懶的瞇起桃花眼眸。

「唉呀，累死人，元老只會虐待我，人家還想回去和薔薇親熱呢，就逼得我先來找你們，幸好我來得正巧，你們沒死。」

「你要走了？」眼見亞特起身，埃爾南躺在床上困惑問道，居然什麼事情也沒發生，亞特葫蘆裡賣什麼藥啊？

「時間也不早了，我才不想待在這種地方呢，還是城堡裡的棺材最舒適。」亞特說著起身，拿出隨身攜帶的紫色水晶鏡子，打理紫色長髮。

「再見，愛美的血蛭。」

即便溫祈悅討厭這隻做作吸血鬼，還是要耐著心說再見，何況他救過他們，她沒有理由臉露不爽，難道亞特真的只是恰巧來找他們聊天，無預警碰上白色獵捕者救了他們？

聽見血蛭兩個字，亞特不惱也不慍，唇邊依舊噙著高貴典雅的笑容，道：「藍花楹小姐，我帶妳去見見薔薇可好？」

溫祈悅困惑不解，亞特為何突然提到薔薇？

反倒是迭戈神情肅穆的起身，「亞特，你這句話是什麼意思？」

「還有什麼意思？當然是元老要見藍花楹小姐，難不成你們以為我沒事會來這裡，順手救下你們嗎？」帶著笑意的話音落下，亞特瞬間移動來到溫祈悅身旁，曖昧的摟住她的腰，指尖勾起她頰畔的茶色髮絲，「走吧，要抱緊我，否則跌出時空之門就完蛋囉！」

意識到狀況不對的迭戈趕忙扼住亞特的手腕，「誰准你帶走她，放開！」

「可惡的吸血蛭！」察覺不對勁的溫祈悅焦急地扳動放在腰際的賊手，吸血鬼的力氣大到難以掙脫。

「我叫你放開！我沒有說過要和你去本部！」

「迭戈，我不想和你打，我有替埃斯克延長時間，但你知道，我也必須向華元老交代，我沒選擇在這裡將她殺死，是因為我知道你很愛她，或許華元老見過她後會改變心意也不一定。」亞特斂下嘻皮笑臉的模樣，換上一本正經的神情。

他相信這個決定迭戈會接受，也會忍耐，否則早在方才他現身時，會直接將溫祈悅帶回本部，而不是浪費時間殺死白色獵捕者、坐在這邊喝紅酒。

「放心，元老不至於對一個人類用刑。」騰出閒暇的手拍了拍迭戈的肩膀，亞特召喚出時空之

門，耀眼的亮光刺得溫祈悅幾乎睜不開眼，也弱下掙扎的力道。

除了時空之門一些躁動的風聲外，她還聽見兩道模糊的聲音——

「啊，貼心的警告你們一下，埃斯克還沒回來前，你們先不要回本部，元老在氣頭上哦！」

「小悅！」

一片透明結界將兩人阻擋在原地，迭戈忙不迭的用食指在紫色結界畫了幾下，當結界消散後，亞特和溫祈悅早已消失。

望著窗外已枯萎的藍花楹，迭戈似是下定決心般，想召喚時空之門回到本部，一隻白皙的手掌卻握住胳膊。

抬起眼，就見埃爾南搖搖頭。

「亞特的話你剛聽見了，我們就等埃斯克回來，有埃斯克在，元老會給我們面子。」

畢竟迭戈和埃爾南兩人私藏溫祈悅，沒有把她交給本部調查和處理，這已經違反元老的命令。

雖然有親王的身分在，元老們並不會因為違反條規而將迭戈處死，但基本的懲罰是少不了的。

心急的迭戈無法聽從埃爾南的意思，「我不能等埃斯克回來，不管元老是否氣頭上，都不能阻止我找小悅。本部全為吸血鬼，即使元老不會對小悅怎樣，不難保其他人不會！」

待最後一個音節消失在時空之門，埃爾南已經看不見迭戈了，埃爾南焦急的兩腳直跳，召喚時空之門追了上去。

第五條　難以逃離的獵殺令

時空之門的風勁特別強，溫祈悅按耐住心裡的不愉快，勉為其難抱住亞特，否則她怕自己會被強風吹走，飄盪在時空隧道之中。

他的身上有股淡淡的薔薇花香，並不難聞，但她喜歡的仍是迭戈身上的清新味道。

感覺到懸空的雙腳平安落在地上，溫祈悅慢慢地睜開眼，眼前是一間寬敞的典雅房間。

牆壁掛滿七彩流蘇長條，暈黃色的日光燈灑在一張夢幻的少女床，被單和枕頭套繡有一朵朵的薔薇花，床邊垂掛著雪白色的絲質床帷，而床頭放置兩盞小檯燈，除了床鋪，牆邊立著木製書櫃。

雙腳剛站定，一股冷風自腳底板吹上來，再加上她抱著一根吸血鬼大冰棒，冷得直打哆嗦。

才剛這麼想，亞特輕佻浮華的嗓音傳來，「藍花楹小姐，本部到囉。妳這樣一直抱著我，不會是想勾引我吧？可惜我心裡只有薔薇一個人，妳的愛我無福消受。」

「閉嘴，真是夠了！」溫祈悅倏地鬆開，嫌惡地瞪了他一眼，道：「血蛭，為什麼你一直叫我藍花楹？」

亞特突然湊近溫祈悅的面前，一臉認真地上上下下審視她，說：「不然改叫妳安娜塔西亞可好？」

突如其來的近距離接觸，溫祈悅吃驚地瞪著彼此險些相交的唇瓣，惱火地扯開嗓門大吼，「你、你再靠近我，我就把你牙齒打斷！」說著，撂起拳頭橫在他面前。

不確定自己是否能打斷亞特的牙齒，但被他這樣戲弄，她說什麼都得嚴厲警告。

「哦？想打斷我的牙齒？」沒有見過溫祈悅曾打斷白色獵捕者的獠牙，亞特不怕死的往前湊近她，單手將她壓在牆壁。

「你、你你走開！」溫祈悅縮了縮肩膀，拳頭本能的朝亞特的面前揮過去。

本以為亞特會閃過，沒想到銀色瑪瑙手環竟然敲到亞特的腮幫子，只聞他一聲高亢的哀號：「唉唷！疼啊啊啊啊！」

亞特按著下巴，整個人呈現半彎腰的狀態。

忽然間，溫祈悅的目光毫無預警的撞上亞特瞬間轉紅的眼瞳，她心頭一跳，慌慌張張跑到門邊想打開門。

「砰！」一隻手用力壓上稍微被溫祈悅拉開些許的房門，房門重新被關上。亞特施展瞬間移動即時制止她愚蠢的行動。

「我勸妳最好待在這裡，這間房間是華元老的地盤，沒有人敢進來。現在這座城堡裡都是吸血鬼，妳是被綁架的人類，一踏出這間房間，很有可能成為吸血鬼的糧食。」

「還有，」亞特狼狽的撫著下巴，發紅的雙瞳隨著秒數的流逝轉為原來的紫羅蘭色，「暴力的藍花楹小姐，這句話最好不要給元老聽見。」

溫祈悅咽了咽口水，努力保持泰然自若的模樣。

老實說，剛才真的很害怕亞特會殺了自己，第一次看到吸血鬼眼睛轉變為血紅色，一副要大開殺戒的模樣，嚇得她調頭就跑。

亞特的表情仍有些僵硬，芥蒂地看著溫祈悅手腕戴的銀色瑪瑙手環，用腳趾頭想都知道，這一定是迭戈送給她防身用品。

被敲到的一瞬間，幾乎以為他的牙齒要斷掉了。

真是的，第一次挨女生的拳頭，沒生氣是不可能的。

注視著銀色瑪瑙手環的陰寒目光轉開，亞特皺了下眉頭，臉上劃過一絲難以琢磨的神色，說道：「我來回答妳最初的問題，為什麼我要叫妳藍花楹，那是因為安娜塔西亞最喜歡藍花楹，本部的花園都種滿藍花楹，不過本部多種了我喜歡的白色薔薇。」

藍花楹……溫祈悅想起來了，迭戈家的前庭也種滿藍花楹，原來這也和安娜塔西亞有關聯。

「我知道了。」溫祈悅很快的明白，點點頭繼續追問：「那麼你口中的華元老是吸血鬼本部裡位階最高的嗎？」

「雖然本部所有的命令都是元老在下達，華元老是最大的，而我主要也是聽從華元老那邊的命令，但大致上來說，統領全歐洲的吸血鬼是西恩帕家族，像這座城堡是也是西恩帕家族的財產，也就是我們族裡的血族之王——埃斯克．西恩帕，他和元老共同治理本部。」

說完後，亞特若有所思的盯著溫祈悅茫然的表情半晌，看來她不知道埃斯克．西恩帕是她第一世的哥哥，而且也從未聽過埃斯克的名字。

「幹、幹嘛這樣盯著我？」被那雙妖孽的桃花眼盯得頭皮發麻，溫祈悅搓了搓手臂，盤腿坐在沙發上，「你剛才說元老要見我，他要見我做什麼？殺了我嗎？不對，要殺，你早就在迭戈家時把我殺掉了。」

亞特挑了挑眉，沒想到溫祈悅的腦袋挺靈光的。

要殺，早就在迭戈家就解決乾淨，不會特地把她帶回來本部，但他不能保證元老見過後，依然能不殺掉溫祈悅，很多疑點都尚未釐清。

若擅自將溫祈悅殺掉，事情仍無法解決，謎團也會越來越大。

「這件事情就等明天再說吧。藍花楹小姐不累嗎？天要亮了，我好睏，想睡覺了。」

亞特露出睏倦之色，瞇起桃花眼眸，輕輕掃了溫祈悅一眼，將性感嫵媚的姿色發揮的淋漓盡致。

儘管討厭這位做作的花美男吸血鬼，但她是十八歲的高中女孩，仍會被他散發出來的男性費洛蒙電得七暈八素。

溫祈悅面色羞紅的別過臉，「咳，那麼晚安。」人在別人屋簷下，基本的禮貌必須要有。

亞特魅惑地笑了笑，彎下腰，兩手撐在沙發兩側的扶手，微微往前傾，將她逼入沙發那狹小的空間，「臉紅的樣子真可愛呢！」

「你這傢伙！」白癡也知道又被調戲了，溫祈悅盯著亞特那張連女人都感嘆的美麗容貌，壞心眼地笑說：「吸血蛭，你臉上有皺紋。」

只見亞特臉皮子抽搐幾下，依舊保持著優雅的笑容，「藍花楹小姐真愛開玩笑……」

「哈哈，那我這樣像是開玩笑嗎？」邊說著，溫祈悅舉起戴著銀色瑪瑙手環的那手，刻意在亞特面前晃了晃，唇邊俏皮的笑更深。

「早、早點休息吧。」

亞特如彈簧般挺直背脊，匆匆忙忙轉身離開，顯然被銀色瑪瑙手環的威力嚇到，看來有段時間她可以用銀色瑪瑙手環趕走亞特。

溫祈悅眼見天已經快亮，決定先洗個熱水澡。

一腳踏入浴室瞬間，她目光瞬間發直，呆愣著看著浴池裡灑滿薔薇花瓣，芳香四溢，濃烈的令她打個哆嗦。

不會吧，這裡該不會是亞特的情人房間？不是說是華元老的地盤嗎？

他們最好會好心的讓她泡花瓣澡啦！

翌日，天色還未暗下。溫祈悅煩躁的把棉被踢下床，伸手揉了揉眼睛，不雅的打個哈欠。醒來時，她以為仍待在家裡，仔細一看才明白這裡是吸血鬼的城堡，四扇大窗戶是鎖死的，室內沒有空調，她冷到用棉被把自己綑成肉粽。

「可惡的亞特，好歹房間裡放個電暖爐嘛……可惡，終於晚上了！」

結果一整天睡不安穩，一條被子無法取暖，她幾乎是被冷醒的，只好委曲求全的縮在床上熬到吸血鬼起床的時間。

入夜後，從窗戶望去，廣袤的草原黑漆漆的，只有幾盞路燈投射出朦朧的危險光芒，天地彷彿融入在潑灑的墨水中，寂靜的城堡在夜晚恢復正常運作，熱鬧起來。

唯有對被關在疑似亞特的情人房內的溫祈悅來說，這是充滿邪惡、美麗、悲劇與漫漫長夜。

「晚安，暴力的藍花楹小姐……唉唷，我的天吶，妳的膚質好嚇人！」一進門的亞特驚呼一聲，手裡的金色盤子稍稍一抖，險些摔在地上。

一天沒見，溫祈悅變得面無血色，像是病入膏肓之人。亞特湊近一瞧，驚詫道：「人類就是這樣，只要作息不正常，膚質變得可真差。」

「房間內沒有電暖爐、窗戶封死、沒有水和能果腹的食物，你以為我是吸血鬼啊？什麼都不用吃？」

溫祈悅起先用著平緩溫順的口氣說，但說到最後一句時，帶著怨氣的聲調也跟著揚高。

亞特只覺得耳邊嗡嗡作響，彷彿聽到一隻老虎在發怒了。

都快破記錄了，她從來沒有空腹那麼久，先前經歷白色獵捕者大戰前肚子很餓，被亞特帶回本部後，也沒有吃半點東西。

「哦，原來是這樣呀。」亞特恍然大悟的打個響指，「昨天太忙了，一回到城堡累得想躺回棺材。我這不是送早餐來了嗎？快吃吧。這是我特別去市區買的，多辛苦啊……」

一聽有食物可吃，溫祈悅從床上跳起，三兩下搶走亞特手裡端著的餐盤，打開來一看，是一塊碳烤麵包、火腿，和熱紅茶。

「現在都吃晚餐了啦！我又不是夜行性動物。」

好吧，雖然對這些吸血鬼來說晚上是甦醒時間，但對她來說是晚上用餐時間！

在她眼裡這點食物只能填牙縫，可是餓了一整天，她不在乎食物量有多少，迫不急待的大口咬下去，沒想到麵包的硬度足以讓她的牙齒疼好幾分鐘，她毫不遲疑的把嘴裡的麵包吐出來。

「唔……好硬啊！」

亞特不敢置信的瞪著地毯上的麵包渣，上面隱約還沾著口水。

他用著噁心的眼神看著溫祈悅，「髒死了，好不容易買來的食物，妳居然沒咬幾下就吐掉，浪費食物！」

溫祈悅痛到眼眶泛出淚水，可憐兮兮地說道：「就算我昨天打了你下巴，要報復我也別這樣吧。我的牙齒又沒有你們堅硬，你都沒有考慮過人類能適應的軟硬度嗎？好不容易盼到食物，結果那麼硬，我怎麼吃？」

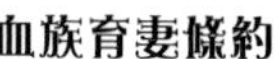

即便她是什麼都能吃的吃貨女孩，恐怕還沒吃完麵包，牙齒已經掉光光了。

把麵包放回原位，溫祈悅改吃火腿和熱紅茶，柔軟度適中，比起麵包好多了。

幾乎不到一分鐘，餓虎吞羊般的解決火腿和熱紅茶，瞥了眼亞特吃驚的神情，溫祈悅百般糾結用力將硬邦邦的麵包撕成碎片吞下肚。

「妳是難民嗎？很硬還吃？」

硬著頭皮解決麵包，溫祈悅感覺不到飽足的滋味，咕嚕咕嚕飢餓的叫聲從肚子傳來。

聽見這聲音的亞特一臉目瞪口呆的看著溫祈悅的肚子。

他買的分量是十八歲女生一餐能攝取的熱量，以往交往過的女朋友，每個人的食量都沒有像她這麼大。

「還有吃的嗎？」溫祈悅摸摸肚皮，嘿嘿傻笑。

「好可怕的女生。」亞特優雅的晃了晃手指，「當然沒有吃的，這是妳的晚餐，收斂一些，一個漂亮的女孩子吃那麼多東西做什麼，小心找不到男朋友，啊不對，找不到，迭戈會收留妳的。」

溫祈悅一度想拿銀色瑪瑙手環狠狠K亞特的牙齒，她和迭戈八字都沒一撇，胡說八道什麼啊！可身在吸血鬼的屋簷下，她就算非常不爽，也不能有二句怨言。

「暴力的藍花楹小姐，我現在要帶妳去找元老，等會兒講話要尊重哦，不可以對華元老不敬。」亞特踏著優雅的步伐帶領溫祈悅走出房間。

這是溫祈悅抵達城堡後，第一次走出被施結界的房間。

從來沒有逛過歐式城堡的她，心情顯得格外緊張和憂慮，走在漂亮的中世紀城堡，卻沒有心情停下腳步欣賞。

跟著亞特走過長廊，經過數個房間，沿途遇上好多隻風格迥異的吸血鬼，他們唯一的特點就是長得特別美，以及胸口別著一枚精緻的金色別針。

瞇眼細瞧，她試圖將別針的圖形看得更仔細，是一柄紫色短刀將敞開的藍灰色羽毛對切，兩邊是金燦色上弦月，上面刻有Xienpa字樣的家族徽紋。

「呵呵……」

正專注地盯著，忽聞一聲輕笑，溫祈悅納悶的抬起頭，旋即感覺到領子被人用力向後扯去。

她心裡一驚，還未站定，就聽見亞特輕佻狎昵的嗓音，裡頭夾著暴戾的殺氣，獠牙示威般的險露出來。

「收回你的慾望哦。」

溫祈悅一開始以為亞特是和她在說話，可仔細一看，發現亞特是和倚靠在樓梯旁的褐髮吸血鬼說話。

褐髮吸血鬼臉色一變，忌諱亞特趕緊離去。

「藍花楹小姐真愛惹事生非，別太靠近其他的吸血鬼。」亞特面帶優雅的笑容轉頭看著她，口氣轉為幾分嚴肅，「要記得，這裡不是妳所熟悉的地方，我們走吧。」

他口吻裡有不容忽視的氣勢，溫祈悅明白方才太靠近吸血鬼，她開始後悔自己的好奇心怎麼不受控制。

溫祈悅點點頭，跟上亞特的步伐，「迭戈什麼時候會回來本部？若他真的回來，元老會不會殺了他？」

還記得來到這裡前，亞特說元老在生氣，要迭戈先不要回去。

溫祈悅明白之間的危險性，她是本部吸血鬼的觀察對象，同時也是獵殺令的目標，迭戈沒有將她交給本部，已經犯下藏匿之罪。

溫祈悅一口氣衝到亞特身邊，正巧捕捉到他臉上倏忽即逝異樣神色。

他的腳步微微一頓，卻很快的恢復一貫優雅平穩的步調。

「這我不確定哦。」亞特笑了笑說，在她眼裡有點像顧左右而言他。

「啊？」溫祈悅不自覺的瞇起眼，瞪著亞特笑意盈盈的臉說：「別鬧了，我很認真的問。從頭到尾都因我而起不是嗎？迭戈不是故意不把我交給妳們……煩死了，況且明明就是你們一廂情願，我什麼都沒印象，糊里糊塗的得知吸血鬼在我身邊生活一年，還遇到白色獵捕者，把我生活搞得一團亂！」

亞特突然停下來，臉上貫有的笑容多了幾分正經嚴肅，轉頭對溫祈悅說道：「到了。進去吧，藍花楹小姐。」

說罷後推開門，他一手放在她的肩上，迅速俯下臉，在她耳畔低語：「我沒有開玩笑，妳確實半點記憶都沒有，但追根究柢，這一切都是因妳而起，害得迭戈現在……」

聽出他故意釣人胃口的嚴厲嗓音，溫祈悅一愣，想轉過頭詢問，背部一股重力襲來，一個踉蹌，狼狽的跌進寬敞室內。

她急忙站穩身子，轉過頭時，亞特的身影已消失在門扉之外。

與此同時，裡面響起一道低沉、渾厚的男性聲音。

「別看了，妳給我過來！」

溫祈悅心裡一驚，驚慌的視線尋著聲源望去——

一名男人舒服的坐在黑色椅子上，身軀隨著椅子的搖晃而晃動，柔和的燈光線描繪出他剛毅而自傲的臉部線條。

他穿著灰色的緊身衣、領口上排三顆未扣，肩上披著一件鵝黃色羊絨大衣，顯露出貴族高貴的氣息。

目光瞥見他隱隱露出性感健美的胸肌，有時候真正的性感並不是露出健美的裸體，而是露出最引人遐想的小部分，就能讓人不自覺的想入非非。

這個渾身充滿霸氣與性感的吸血鬼，就是亞特口中的華元老？

灰綠色的眼睛和一頭墨綠色的長髮柔軟的搭在肩上，襯得肌膚蒼白如雪，一個不經意的眨眼動作，能將所有人的魂給勾走。

可惜在溫祈悅眼裡，只是個蒼白且病懨懨的吸血蛭。

她承認自己十分鎮定，見到帥哥面不改其色。

身為人質，初次見面的驚嘆，也僅只於短暫的幾秒鐘，她實在找不出浪漫情懷去面對一個美得令人神共憤的吸血鬼。

她內心存在著少女戀愛的幻想，遇到一個很帥的男人共度後半輩子，平凡的生活才是她最想要的，可惜現在的時機不適合她找未來的老公。

「安娜塔希亞？亞莎・連恩？溫祈悅？」華元老向她揚了揚酒杯，「哪一個名字妳才有印象呢？」

「當然是溫祈悅。」溫祈悅忍不住小聲嘀咕了一句：「這不是問廢話嗎？」

「那好，溫祈悅。」華元老放下酒杯，灰綠色的眼眸透出一絲不易察覺的異光，「妳願不願意

替迭戈做一件事情？」

意識到他話中有話，不由想起亞特說過的話。現在不敢保證華元老會不會對迭戈動手，她內心頓時不安，冷聲道：「你們果然對迭戈做了什麼事情，迭戈是不是有危險？到底要我做什麼事情？」

就在溫祈悅揣測男子的心思，他突然從桌上拿起小型的瑞士刀，扔到溫祈悅腳前。

「噹噹」兩聲拉回了溫祈悅的神智。她不敢置信地瞪著地上那把冰冷的瑞士刀，「你這是什麼意思？」

華元老面無表情的說出簡短兩字，「自殺。」

「什麼？」聽到自殺兩字，溫祈悅整個人都跳了起來，氣憤填膺地說：「你的意思是要我自殺?!開什麼玩笑！我為什麼要自殺？」

這群吸血鬼是不是活太久了，所以腦袋趴帶趴帶，喜歡看人類掙扎於死亡邊緣，覺得很興奮？憑什麼掌控別人的人生？她不是吸血鬼、不屬於西恩帕家族！

「因為妳是溫祈悅、亞莎・連恩、安娜塔希亞，就應該現在自殺。」華元老握緊了酒杯，冰冷的面容浮出一抹冷厲，「對於一個沒有第一世、第二世記憶的女人，留著只會增加禍害。」

溫祈悅聽著一簇火苗燒上心頭，「開什麼玩笑，沒有那些記憶是我的錯嗎？我哪裡惹到你了？我從出生到現在從沒見過你，除了……」忽然，她想起某個關鍵，一切似乎都從這個名字緣起，「因為赫爾締芬？」

本部吸血鬼一直認定赫爾蒂芬和她有關聯，可是她想不通……

不論如何思考，答案沒有浮出水面的跡象，直到華元老低沉陰冷的嗓音再度傳來，她猛然回神。

「既然妳知道是赫爾締芬的原因，何不趕快死一死？難道想成為我族的糧食？赫爾締芬復活的關鍵因素就在妳身上，我族近日遭受白色獵捕者的追殺，死傷慘重，難道我不該為族人裁決嗎？」

溫祈悅不甘示弱地瞪著對方，「即使如此，你依舊沒有資格左右我的性命，一隻吸血蛭哪管得著我們人類的生命。」

溫祈悅沒有考慮到此時面對著一隻元老吸血鬼，只知道自己很生氣，氣得脫口大罵，發洩心中的不甘心，她認為一個人沒有資格左右對方的生命。

明知道這句話很有可能惹毛華元老，但尊嚴比生命重要，與其被吸血鬼輕視，就此了結生命，不如勇敢的面對！

目中無人的溫祈悅使得原本不想出手的華元老動怒了，冰冷的灰綠色眼眸掃過她緊張的面容，一束綠光陡地從指尖飛射出來，帶著無盡殺氣馳向她的面容。

溫祈悅反應極快的側身閃過，轉頭一看，綠光將完美無瑕的牆面燒出一個小黑洞。若打中人體，恐怕直接翹辮子。

還未收回驚訝，身後傳來低低的嘆息聲，夾雜著輕蔑的嘲笑。

一個冰冷的兵器將溫祈悅的下巴提起來，很快的下滑來到頸動脈。

「妳是第一個需要我動手的人類。」

溫祈悅試著挪動雙手，發現被對方用魔法釘固住，動彈不得。

面對這種情況她能預測得到，憑自己的能力罵個華元老幾句就不錯了，罵完之後的下場遲早會成為任人割宰的魚肉。

她不後悔惹毛華元老，若最基本的自尊都放棄，遵循別人的命令採取自殺，反而會助長華元老

的傲氣。

華元老注視著她糾結的五官半晌，冰冷的手掌撫上頸動脈，唇邊挽起一抹冷厲的笑容，道：

「妳很害怕，卻又憤怒，心情時而悲觀時而樂觀。」

「即便害怕，卻還要裝出鎮定無懼的表情。安娜塔希亞，妳還是跟以前一樣，面對任何艱難的困境，都能迎面挑戰。」那抹高深莫測的微笑始終在華元老的唇邊久久不散。

「妳知道嗎？其實我捨不得殺死妳，妳的第一世和我們有良好的關係，但同時妳也殺死我的弟弟赫爾締芬。憎恨和愧疚兩種心思，讓我對妳更不知道該如何是好。」他緩緩說著，灰綠色的眼眸在說到弟弟時陰霾些許。

溫祈悅渾身打顫，不僅因為元老威脅到自己的性命，還有他陰惻惻的眼神，令她當下不知如何是好。

不知過了多久，尖銳的刀鋒終於離開她的下巴，束縛住雙手雙腿的魔法消失，溫祈悅立刻攤軟在地。

一口氣還未鬆脫，華元老冷笑一聲。

「誰准妳坐下？起來！」

溫祈悅連拋一眼給他都懶的拋，咬牙撐著雙腿站起來。她不是害怕華元老的氣勢，而是若這時候坐在地上一副軟腳蝦的模樣一定會被他嘲笑！

在華元老面前，她相當於手無縛雞之力的小蝦米，但她的性格不允許這時候逃避他的目光。

溫祈悅挺直背脊，目光凜然的迎試回去。

「哼，眼神倒很硬。」

冷冽的眼神掠過一抹鄙夷，華元老抬起修長完美的手指，輕輕在溫祈悅背後的牆壁比畫幾下，絲絲縷縷的綠色薄霧在空氣中緩緩流動，均勻的擴散開來。

迭戈狼狽的身影慢慢由淺至深顯現出來。

溫祈悅困惑轉身一看，瞠目結舌的看著漸漸清晰的景象——四周是灰暗色調的石牆，迭戈被五花大綁的束縛住四肢，身上佈滿大大小小的鞭傷，左胸口處被劃開一大口子，紫紅色血液無停歇地流出，慢慢地掏空他的性命。

「妳給我看清楚——」華元老毫不留情的按住溫祈悅的頭，用力的甩到透明光幕面前，「他可是為了妳，在所不惜以灰飛煙滅作為終結，等到天一亮，石洞門一開，他的心臟也隨之靜止。」

「迭戈！」

溫祈悅踉踉蹌蹌的奔上前，想抓住迭戈，卻撲了個空。她轉頭對華元老沉聲質問，哽咽的聲音裡透出濃濃的憎恨，「你為什麼要這樣對他?!」

「因為妳。若不是妳，迭戈根本不需要違背本部的命令。」

這個道理溫祈悅一直都明白，否則迭戈可以找到她後直接送她回本部，由本部吸血鬼著手調查自己體內的契約，可是迭戈為了保護她而違背命令。

因為他很愛安娜塔西亞！

溫祈悅一時間說不出話來，啞口無言的看著華元老。怪不得亞特的神色十分詭異，好像是隱瞞一些事情，一定早就知道迭戈被關起來。

「白色獵捕者不斷的放出赫爾締芬即將復活的消息，導致我族許多人的叛變，或是慘遭他們的殺戮。我身為Xienpa的元老，不能放任下等的妖孽消滅掉我們這些品種優良的種族。」

一面說著，華元老撫過身側的櫃子，「我本想派亞特直接殺掉妳。但我相信迭戈絕對會跟著妳一起死、埃斯克也是。我不能讓一個女人破壞掉我一手建立起來的國度。兩個左右手同時消失，對我產生的影響太大。」

對於本部的吸血鬼來說，他們認為自己是最優良的純血種，一但投生黑暗，終生就得對黑暗盡忠。

相較之下，白色獵捕者等於是背叛了黑暗，他們無法忍受。

對於陽光的渴望，兩種不同的族群就此誕生，開始長達無數年的鬥爭。

溫祈悅明白兩族之間的上百年恩怨，也明白自己身上握著赫爾締芬復活的關鍵，而現在迭戈用盡生命想阻止華元老殺了她，自己卻完全記不得最初的恩怨糾葛。

是她害了迭戈。

「後來我給亞特另一個選擇，把妳帶回來。妳要讓迭戈繼續這樣痛苦，還是先自殺？」

她感覺到元老沒有一絲溫度的冰冷的聲音漸漸凍結她的心緒。

溫祈悅張著口，略微喘息，蹙眉問道：「我自殺，難道迭戈就不會跑去陽光下自殺嗎？華元老，迭戈對我的愛，你懂嗎？他的執著，你明白嗎？」

想起迭戈奮不顧身的保護，溫祈悅內心非常感動也很擔憂，都是因為她才讓迭戈受傷，看見他險些死亡的瞬間，她很害怕會失去他。

難道只有死路一條？她無法接受華元老下達的自殺命令，一定還有其他辦法解決赫爾蒂芬！

華元老輕蔑了哼了聲，「自殺，靈魂會進入下一個輪迴，迭戈會繼續尋找妳的轉世，以前兩世共通點來說，只要妳活著，赫爾締芬復活的機率也就越大，他的氣息幾乎與妳同時存在。」

望著她蒼白如紙的面色，華元老繼續說道：「當然妳會想，妳的轉世並不能真正解決赫爾締芬，這樣有什麼意義呢？但對我們來說有更多時間重振吸血鬼軍團，至少能保全現在安靜的生活、族人們的安全。」

赫爾締芬行蹤成謎。這是他一直不懂的地方，昨晚亞特把溫祈悅身邊發生的事情一字不漏的稟報給他，赫爾締芬的氣息越來越鮮明，白色獵捕者的氣勢也越來越大，本部的吸血鬼幾乎抵擋不住。

他無法慢慢等溫祈悅想起來，也沒有時間再繼續追查下去，現階段或許讓溫祈悅死亡是明確的決策！

「所有人口口聲聲說赫爾締芬跟我有關，難道你不想知道為什麼嗎？一定可以找得到真正原因！」

溫祈悅不禁反問，太不公平了，她憑什麼一定要自殺去當聖母挽救所有吸血鬼？一切都因為她的前世，她不甘心！憑什麼這些吸血鬼可以決定她的生死？

一股怒氣囤積在胸口，直到聽見華元老簡短的答話，「不想知道，現階段我只想要保障族人的安全生活！」

「我再重申一次，你沒資格左右我的生死！」溫祈悅聽了恨不得衝上前想敲斷他的牙齒。就在她差點遏制不住自己的衝動，門口傳來一陣氣急敗壞的男性嗓音：「華‧伊萊，你別太過分了！」

溫祈悅詫異地轉眸望去，只見亞特抱著雙臂，笑意盈盈站在門口，身後還有一個陌生男人。來人擁有一頭水藍色頭髮和美麗的玫瑰色眼眸，穿著和其他吸血鬼一樣，胸口別著一枚精緻的

金色別針。

當他氣勢洶洶的走進來，氣場瞬間轉變。

華元老挑起眉宇，責怪性的視線掃向亞特。亞特無奈的聳聳肩，立刻撇清關係，「是埃斯克拿薔薇逼我，不是我主動帶他過來的噢！」

「哼，我等等再教訓你。」

華元老此話一出，亞特臉部表情立刻僵住，輕手輕腳的離開。

華元老站在書桌旁邊，冷淡看著埃斯克將溫祈悅護在身後，輕揮一手，迭戈被困在石牢的景像如水墨畫淡去。

溫祈悅摸不著頭緒，愣愣地看著擋在面前的男性吸血鬼。

當他冰冷的手掌握住她的手，胸口彷彿有股異樣的感覺從靈魂深處蜂湧而出，熟悉、親密、懷念，很多複雜的情感蔓延胸口。

即便對方的體溫冰冷徹骨，她卻沒感覺到半點不舒服，只是有點徬徨不安。

「現在我回來了，這裡應該由我做主。」埃斯克說：「立刻把迭戈放出來。如何解決赫爾蒂芬，我自有決定。」

華輕蔑的冷哼一聲，「埃斯克，我已經給過你們很多時間了。白色獵捕者的勢力逐漸壯大，不要以為你是王就可以亂來。這裡最沒有資格說話的就是你！你也是幫助迭戈違反本部命令的人！」

「只要我還活著，這件事我就管定！現在我找到方法了，我最有資格說話！」說著同時，埃斯克拿出消失一週多尋找的物品，「安娜塔西亞和亞莎・連恩已死，必能用此物喚起記憶。」

看見埃斯克手上拿的東西，華臉上的慍色漸漸隱去，但似乎不想就這麼妥協，洩憤似的把酒杯

摔在地上。

「好，我最後給你這一次機會，否則獵殺令絕對不會收回，你和迭戈也得承擔這一次失敗的裁決。」

站在埃斯克背後聆聽對話的溫祈悅悄悄探出頭，目光被他手上色澤紅豔的花朵給吸引去，花瓣紅得仿若以血滋養，有些駭人。

這是什麼花？

抬起頭，瞥見華那陰霾的灰綠色眼瞳晦暗得無法通透。溫祈悅本能的咽了咽口水，暫時躲回埃斯克身後。

既然埃斯克是站在迭戈同陣線上，那麼是能信任的人！

第六條　只要世界有妳就好

埃斯克和華談了幾分鐘後，帶著溫祈悅離開房間。

溫祈悅靜靜的跟在埃斯克身後，不知道為什麼，比起亞特、華，她對埃斯克很安心，好像曾經信任過，比親人還親密，一條無形的血緣緊緊相連，這種感覺和跟迭戈在一起不一樣。

想到迭戈的狀況，溫祈悅心急的扯住埃斯克的袖子，問道：「請問迭戈會不會有事，他受了很重的傷……華元老還說，等到天一亮，石洞門一開，他的心臟也隨之靜止！你真的能把迭戈放出來嗎？」

她會選擇詢問埃斯克，是因為埃斯克在本部的地位和華元老不相上下。

面對溫祈悅一連串的疑問，埃斯克凝視著她。

女孩的黑色眼睛在日光燈的照射下，帶著幾分玫瑰色的色澤，彷彿第一世的安娜塔西亞就在面前。

也只有有燈光的地方，隱藏在瞳孔深處的懷念色澤特別明顯。

埃斯克思忖幾秒，給予簡略卻充滿安心的話，「放心，不會有事。」

望進美麗的玫瑰色眼眸，溫祈悅心底浮升出澎湃洶湧的悸動，腦海裡隱隱劃過一張熟悉的面容，與眼前的男人重疊在一起，她下意識喊道：「哥哥？」

「唉呀，剛才不喊，現在才喊哥哥會不會太慢了。」亞特站在溫祈悅的房門前，笑瞇瞇的揶揄。

「你不用進來。」埃斯克推開擋在門前的亞特，「華有事情找你。」

亞特不依不饒地說：「唉，我就知道躲不過華的逼問……」他嘆口氣，不再耽擱，像一陣煙溜走。

溫祈悅好笑的看著亞特荒謬的行為，看來亞特和華元老之間有另一層關係。

話說回來，埃斯克到底是什麼身分，能讓亞特聽話、元老無法全權管理？

思考同時，溫祈悅沒發現自己的目光始終不離埃斯克，不知不覺將心裡的話一股腦兒問出來：「好奇怪的感覺，我好像曾經認識你……以安娜塔西亞、或是亞莎・連恩的身分嗎？」

埃斯克關上門，按下電燈開關後，轉過身凝視著祈悅說道：「我是Xienpa的王——埃斯克・西恩帕。事情演變成這樣，我希望妳能回答我一件事情。」

「是什麼事情？」溫祈悅恍然大悟。原來他是亞特口中的西恩帕家族的領導人。

「想不想救迭戈出來？」

「非常想！」

溫祈悅不假思索的說。是她害迭戈變成現在這樣，她不想再當旁觀者了，華元老說要發出獵殺令裁決埃斯克和迭戈是認真的。

追根究柢，一切與她有關，她不能在若無其事、裝做無知等別人保護。

既然她不想當聖母，現在就要盡全力保護重要的人，別讓別人有機會掌控自己的性命！

埃斯克露出欣慰卻苦澀的神情，「我先跟妳解釋一下。安娜塔西亞是我的妹妹，在第一世時，她愛上還是人類的迭戈，很想和他在一起。一個是吸血鬼，一個是人類，根本無法白頭到老。」

即使心裡許多疑惑，她決定先聽完埃斯克的故事再詢問。

寂靜的室內只有埃斯克沉穩的步伐，他一邊慢步走到窗前，撩開窗簾，思緒飄向遙遠的時空

記憶，娓娓道來：「在我們血族有一種名為血葬花的花朵，它能實現任何願望，是血族裡最崇高且神祕的花朵，必須以血灌溉。想實現願望，須拿與吸血鬼對等的珍貴物品才能訂之契約，完成願望。」

溫祈悅站在他的斜後方，靜靜的聆聽，並未瞧見他訴說回憶所露出的苦色。儘管這部分她聽過了，仍不打岔繼續聽下去，也許不同人有不同的說法或見解。

「後來，血葬花被赫爾締芬偷走。安娜塔西亞為了搶回血葬花，不幸死亡，死後轉世為第二世亞莎‧連恩，卻沒能與迭戈相守，我懷疑和赫爾締芬或契約內容有關聯。」

聽見「沒有相守」此句，溫祈悅的心頭像是浸泡在苦瓜與檸檬榨成的汁裡，又酸又苦。

手腕一股冰涼襲來，隨之頰畔和領口傳來騷動。溫祈悅心下一驚，瞪大雙眸看著眼前的埃斯克，不明白他為什麼突然親密的握住她的手、整理領口、和整理頰畔的碎髮。

「這也忘了嗎？唉，罷了，妳已經不再是她。」埃斯克自言自語地無奈嘆氣。「妳以前總是衣服穿不好、頭髮亂七八糟，每次都是我做哥哥的替妳整理，每次都是由我替妳買一堆零食。」

埃斯克這麼一說，溫祈悅心裡說不出的難過和期待。

她沒有印象，心裡卻很享受這短暫的美好。她是孤兒，沒有父母，難得能接受這份親人的愛，可是無法馬上接受一個陌生男人成為自己的哥哥。

埃斯克的手微微停滯一下，收了回來，繼續說道：「追根究柢，是因為安娜塔西亞發現赫爾締芬想滅絕西恩帕族人的計謀，殺了赫爾蒂芬，自己對血葬花定下契約。」

聽到這兒，溫祈悅不論如何想，都覺得有個地方非常怪異，條理清晰地說：「既然安娜塔西亞當初滅了赫爾締芬，那為什麼你們口口聲聲說赫爾締芬復活？」

「這就是其中一個關鍵。我不懂為什麼赫爾締芬又復活了，安娜塔西亞究竟向血葬花許下什麼願望？為什麼能從妳身上感應到赫爾蒂芬的氣息？」

埃斯克鬆開手，再次轉身繞回窗前，像一尊雕像般凝視著高懸在夜幕上空的明月。

溫祈悅明白這是所有人都不清楚的關鍵，隱藏在深水之下的未爆彈。

既然所有人都想不明白，她一時間也不知道說什麼，於是改口問道：「那迭戈也向血葬花許願成為吸血鬼？」

「並不是。安娜塔西亞和赫爾締芬互相廝殺只為了一朵珍貴的血葬花，一旦許願後，血葬花會消失，和血液融為一體。迭戈根本無法許願，是我應了他的要求，將他變成吸血鬼。」

「所以你是迭戈的創造者?!」

埃斯克點點頭，從襟口裡拿出一朵豔如似火的花朵，然後走向溫祈悅，溫柔地握住她的手，朝床鋪走去。

「現在必須讓妳回想起前兩世的記憶了，只有這樣才能拯救迭戈、拯救妳自己，拯救所有本部的吸血鬼。」牽著溫祈悅坐在床緣，埃斯克替她脫下鞋子，將枕頭放好，讓她安穩躺下。

「有辦法？」溫祈悅忐忑不安地問道：「會不會出事？」

「過程或許有點痛苦，但妳必須要忍耐。」

埃斯克替她拽好被子，再一次重複熟悉的勾髮動作，真摯的目光中難得顯露出一絲的愧疚。

溫祈悅抿起嘴唇，倏然握住他冰涼的手指，低聲道：「埃斯克，我……」

埃斯克的動作微微一顫，垂眸望向她，「對不起，安娜塔西亞。是我害妳變成這樣。」

「什……」

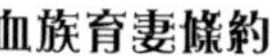

一句疑問字詞尚未說完整，一束藍光從他指尖飛射出來。溫祈悅起先驚惶掙扎了幾下，視野內隨之變得一片慘白，恍恍惚惚中，她似乎聽見埃斯克的聲音透出哽咽。

「希望妳能原諒哥哥……血葬花是我創造的永恆之花。」

趁著意識還未墜入深沉的夢境前，溫祈悅反手握住埃斯克的手，想牢牢抓緊，可全身的力量漸漸消失，黑暗瞬間籠罩住所有的知覺和感官。

埃斯克將彼岸花放在掌心，閉上雙眼，專注的唸咒。不一會兒，掌心的藍光包圍住仿若鮮血般紅豔的彼岸花，掌心反轉壓向溫祈悅的眉心。

原本墜入黑暗深淵的女孩在彼岸花融入體內後，突然瞪大眼睛，吶吼出一聲短暫的尖叫，接著陷入痛苦的回憶之中。

不知道過了多久，溫祈悅因為彼岸花沉浸在深沉的夢境中，她知道自己並不是在熟睡中，而是專注在陌生、幻覺、可怕的回憶片段內。

全身開始燥熱了起來，毛細孔都滲出了汗水，零零散散的記憶片段在腦海裡拼湊出完整的輪廓，令她心惶無助，呼吸急促。

她不想死，不想要待在恐怖的地牢內！

迭戈……

她慌得想握住昏迷前緊握埃斯克的手，卻是摸了個空，身邊空蕩蕩的無助喚起體內深處的恐懼。突然間，她的手被一雙冰冷的手給緊緊握住，徹骨的寒冷緩緩向燥熱的四肢擴散。

輕柔的安撫聲音緩模模糊糊飄進耳裡，她聽不到，卻能感覺到對方所給予的安心。

漸漸的，她不再害怕，回憶又像水墨畫淡去，換上另一幅模糊的畫面。

呼吸變為正常，身體的熱氣也散開來，不論回憶到什麼片段，她的手始終牢牢握住對方，誓死不放。

時間滴滴答答的流逝，夢迴前世的記憶也告一段落，她的身體似乎又重回睡眠的狀態，沒有彼岸花的枷鎖，意識慢慢恢復。

再次睜開眼，只感覺到眼眶泛著濕潤。額上掛著斗大的汗珠，溫祈悅顫著睫毛，視線慢慢地朝坐在床邊的身影飄去——

竟然是迭戈。

溫祈悅張了張口，卻是什麼也沒說，看著佈滿溫柔之色的紫金色眼眸，眼眶像是被洋蔥燻過，眼淚不受控制的溢出眼角。

「迭戈，你這個自私鬼……」她發出沙啞乾澀的聲音。

聽見她這麼一喊，迭戈開始驚惶起來，小心翼翼的用揣測的口吻說：「為什麼這樣說？妳都想起來了？」

溫祈悅若有似無的點了一下頭，旋即搖搖頭，讓迭戈頓時不明白，又問了一次：「有？沒有？」

微微瞇起眼睛，溫祈悅的神智陷入恍神的狀態，目光飄向窗外的明月，輕啟唇道：「亞莎・連恩死在城堡前的藍花楹花圃。臨死前，你在我耳邊說：『不論轉世幾次，我一定會找到妳。記住，妳的新郎永遠是迭戈・烏爾塔多・德・門多薩。』」

說罷後，被握住的手一緊，她愣愣的將目光轉回迭戈，在他一臉凝重的表情下，繼續說道：「安娜塔西亞死前，沒有見到你，她是在哥哥的懷抱裡死去……」

說著的同時，頭顱似是被蟲子啃咬過，一波波的劇痛浪潮襲來，她忍不住的咬住嘴唇。

一股冰涼的觸感貼上額頭，伴隨著迭戈溫柔細膩的聲音飄進耳內，「對不起。是我的錯，沒能在最後一刻陪伴在妳身邊。」

溫祈悅緊繃的情緒鬆了鬆，低聲說：「不是你的錯！迭戈，是我把你支開，是我不想要讓你受傷，由我獨自面對赫爾締芬。」

「記起妳對血葬花定下什麼契約嗎？」迭戈鬆開她的手，轉身將手伸入水盆裡，擰起一條乾淨的毛巾放在她額頭。

溫祈悅沉默了一下，臉上露出愧疚之色。她只對安娜塔西亞的身世和死前的記憶有印象，其他很模模糊糊。

埃斯克哥哥不是說彼岸花能喚起記憶嗎？可她怎麼才喚起第二世記憶而已，依舊對第一世的契約內容完全沒有印象……

她的雙眸無神的望著桌上檯燈，迭戈湊近輕問：「小悅？」

溫祈悅回過神來，激動的抓著迭戈的衣服說道：「對不起！我只記得我叫安娜塔西亞・西恩帕，是埃斯克的妹妹，擁有純正血統的血族，因為想與你在一起，偷了哥哥的血葬花……可是我記不得我們之間的約定、我們在一起的快樂記憶……」

引起一切恩怨的血葬花是由埃斯克創造出來的，用許多的人類之血灌溉培養而成。

無奈在紫金色的眼眸裡倏忽即逝，迭戈輕撫著她凌亂的髮絲，並沒有怪罪她。

「沒關係，辛苦妳了。至少記起這些，華元老不會對妳怎麼樣的。」

這抹無奈被溫祈悅捕捉到，她更加控制不住自己的眼淚，騰出一股力氣抱住迭戈。

這一刻眼淚肆無忌憚的嘩啦啦流出，浸濕迭戈的衣服，她將臉枕在他的肩窩，哭訴的聲音帶著無盡的哽咽。

「可是我不想要你一個人擁有痛苦的回憶、我不想要你獨自一個人面對與安娜塔西亞的記憶，我想和你一起分擔。我是安娜塔西亞，卻沒有她的記憶。迭戈，這六百年來，你獨自面對一個完全對你沒有任何一絲記憶與愛的我，心不會痛嗎?!」

心痛的感覺讓她像是被撕裂開來，為什麼迭戈要無怨無悔的陪伴在一個完全沒有過往記憶的她身邊？如果她沒有轉世，一直都是安娜塔西亞的話，是否會討厭迭戈癡心守候？

畢竟六百年的時光太長了，沒有辦法想像迭戈一個人孤零零的走過上百年時光，連續目睹兩次她的死亡與轉世，成為沒有以前記憶的人。

迭戈抬起兩手，放在她的背上，溫柔的帶入懷裡。他臉上帶著淡淡的笑容，說道：「我愛的那個人是會把我當成依賴、喜歡吃很多美食，二十四小時都是大胃王，貪吃時會露出撒嬌的一面、會關心我冰冷的手和健康狀況。這份愛不會隨著時間的移轉而有所改變，又怎會心痛呢？」

「對我來說，只要看著妳的成長、擁抱妳的呼吸、感受妳的溫度、凝視妳的微笑，有妳的世界就足夠了。」

他的聲音帶著溫泉的暖和，緊密包圍住她的全身，在心裡暈染出曖昧的情愫。

他身上始終有她最愛的香味，彷彿有引力似的，眼淚毫無顧忌的傾洩而出。

透過乾淨的玻璃窗，溫祈悅看見兩人親密的擁抱，是那麼熟悉，可她卻對此感到陌生，恍若這

才是第一次擁有的溫暖。

「小悅，不管未來如何，我會永遠陪伴在妳身邊，妳不會像第一世，孤單的死去……沒有任何人能阻擋我愛妳的決心，沒有人能阻撓我尋找妳的決心。」

迭戈輕輕的將她推開，指腹帶著疼惜的力道，為她拭乾眼淚，然後滑過佈滿淚痕的臉龐，眼底只有屬於她的身影。

「妳睡了將近一天，肚子餓了嗎？我帶妳去市區吃東西。」他正要起身，猛地被人拉住。

他面帶溫和的笑意轉頭，「怎麼了？」

「沒事。只是想關心你，你身體沒事嗎？不是被華元老關著受刑？」

溫祈悅笑著搖頭，鬆開手，為什麼心裡說不出的焦慮呢？

當時回憶第一世的殘缺片段，腦子裡短暫掠過一個重要的畫面，那個畫面被一團黑氣籠罩住。

剎那間，她隱約聽見充滿憎恨的男性嗓音——

「安娜塔西亞，妳永生永世都不得與迭戈在一起，否則心上的窟窿會越來越大，我會讓妳生不如死！」

感覺到有人拍拍她的頭，溫祈悅抬眸望著捧著衣服站在床前的迭戈。

「華元老有手下留情，放心好了，只是小傷。小悅，換衣服了！」迭戈坐在床邊，唇角勾起一抹壞心眼的笑容，「還是說，妳想要我幫妳換？這倒可以，在妳昏睡期間，我已經用濕毛巾為妳擦拭過身體。」

「什麼?!那你你你你、有看看看過……」溫祈悅拉起棉被，害羞地露出一雙眼睛，羞澀地看著迭戈，「瞧你笑成這樣，在騙我的囉?!」

迭戈正想回覆，門口傳來刻意的打岔聲，打斷兩人的濃情蜜意。

「咳，兩位該停止曬恩愛囉！」

溫祈悅比迭戈快一步喊道：「血蛭，你來做什麼？」

亞特胡說八道，她跟迭戈八字真的還沒一撇啦，現在對他的感情很複雜，還沒完全理清楚。

「暴力的藍花楹小姐，我不是來找妳的，而是妳的……老公？」亞特不知道這樣稱呼迭戈是否正確，不過兩人放閃光的景象他可見識到了。

那聲老公若從溫祈悅的嘴巴講出來就更好了。迭戈的視線稍微朝身畔的女孩投去，發現她噘著嘴，一副想幹壞事的模樣。

只見溫祈悅的目光望著亞特身後，突然大喊：「啊，華元老——」

「什麼?!」聽見華元老三個字，亞特忙不迭地轉頭過去，身後卻沒半個人，才驚覺被溫祈悅設計，當下氣憤交加，又不能咬死她，一口氣憋在胸口，好不愉快。

「呵呵……藍花楹小姐真頑皮。」亞特保持優雅的氣質笑了笑，才擺出一副正經嚴肅的表情，對也正在偷笑的迭戈說：「現在馬上跟我走，埃斯克受傷。」

迭戈聞言騰的起身。坐在床上的溫祈悅也隨之斂笑，心頓時亂了主張。

⚫ ⚫

三人前往埃斯克的房間途中，從亞特口中得知事情的始末。

埃斯克回趟T鎮替溫祈悅辦理學校離校手續，順道購買她喜歡的食物時，沒想到被一群白色獵捕者襲擊，幸好華元老及時帶著幾名吸血鬼前去拯救埃斯克。

埃斯克的傷勢比埃爾南來得嚴重，華元老因為白色獵捕者膽大妄為的行徑，正和其他吸血鬼王族處理防禦對策。經由此事，華元老肯定看溫祈悅很不爽，要埃斯克馬上做出決定。

「哥哥！」一進門，走在迭戈和亞特中間的溫祈悅立刻衝上前，跪在埃斯克床前。

那一聲的哥哥，埃斯克不知道等了多久，胸口一股難言的感動和愧疚剎那蜂擁而來。他發出短促的喘息，說道：「記起來了？安娜塔西亞……」

溫祈悅搖搖頭，「哥哥，對不起。我只記起安娜塔西亞的身世，不記得契約內容和迭戈的約定……對不起哥哥，是我的錯，我不該偷走血葬花，那是你為了你愛人而準備的東西，如果不是我的偷竊，赫爾締芬根本不會有機可乘！」

她握住埃斯克冰冷的手心，另一手拭掉額頭滲出一絲絲的汗珠。

埃斯克的臉上掠過一絲難以察覺的釋懷，「不是妳的錯，是哥哥的錯。血葬花是邪惡的不良東西，根本不該出現在這世上，否則怎會吸引壞人來搶奪。」

「小悅，先站起來，地上涼。」一雙手摟住她的腰，迭戈慢慢的拉起來，扶著她坐在床邊。

亞特雙手環抱胸口，靠在床柱看著他們幾個，出聲打岔：「到底有幾隻白色獵捕者攻擊你？華說他抵達時，有感覺到赫爾締芬的氣息。」

目光若有似無的飄向溫祈悅，埃斯克嘆口氣說：「赫爾締芬假借白色獵捕者的身軀，向我發出警告：『他要在小悅的心上永遠留下深深的窟窿。』我感覺得出來，他的邪氣已有完整的型態，看樣子快復活了。」

一句「他要在小悅的心上永遠留下深深的窟窿」讓溫祈悅冷不防的打個寒顫，這句話在記憶裡聽過，赫爾蒂芬快要回歸了！

迭戈貼心的握住她的手，回以一抹安心的笑容，轉頭道：「埃斯克，不管怎樣先好好養傷。」

「安娜……不，小悅。不要擔心，哥哥不會讓妳受到一絲一毫的傷害。」放在棉被下的手暗暗攥緊，一簇怒火烈烈的在埃斯克玫瑰色眼眸燃燒。

幾不可聞的嘆息自在場三人心頭浮起，所有人對於未來充滿不確定與不安全。

溫祈悅擔憂的瞧了瞧身邊的三名吸血鬼，忽然甩開迭戈的手，忍無可忍的站起來，雙眼浮起熊熊的怒火與不甘的倔強，「可惡！契約內容到底是什麼？」

第七條　愛情與記憶的痕跡

埃斯克受傷後，又過了三天。Xienpa本部白天一派安靜，靜得城堡彷彿是座空城，到了晚上熱鬧的像菜市場，燈火通明。

許多吸血鬼照常坐在大廳的沙發上七嘴八舌討論最近的大事。

當埃斯克掛傷坐在主位時，攪舌根的吸血鬼們紛紛安靜下來，專注地看著主位的血族之王。

埃斯克沉下臉，淡漠的視線環顧四周，開口說道：「大家知道近日白色獵捕者越來越囂張，不僅占用我們族人的身體，甚至對人類大開殺戒，因此從今天開始，所有人不可擅自行動，否則極刑處置！」

溫祈悅站在二樓樓梯旁，兩臂擱在價格昂貴的骨董花瓶上，靜靜看著埃斯克王者般的發號施令。

這是第三世的第一次看見哥哥嚴肅得讓人難以親近，渾身上下散發著冷漠、疏離，然而這種感覺在面對她時才會消失，露出溫柔的那一面。

和埃斯克相處幾天，和他漸漸熟稔起來，最初見面時，她對埃斯克的感覺沒有那麼深刻，可是當她聽見埃斯克被白色獵捕者攻擊受重傷，她感到憤怒和擔憂，滿腦子想著哥哥絕對不能離開、絕對不能死！

她沒有想到自己能對第一次見面的人會有這麼多的情感，第一世對哥哥的記憶彷彿染上她的情緒，不由自主把埃斯克當作最重要的哥哥。

她不排斥這股情緒，甚至想好好珍惜得來不易的哥哥，於是不眠不休的照顧埃斯克。

可是笨蛋哥哥沒先關心自己的傷勢，反倒關心她的身體健康與安危，時時刻刻的監視有沒有吸血鬼來騷擾她，列出禁止打擾的字樣牌子、看見吸血鬼盯著她露出飢餓的目光，哥哥會怒目警告、又親自外出替自己買一堆人類食物回來。

久而久之，吸血鬼對於本部有個人類已見怪不怪，怕死的吸血鬼只要聽到「溫祈悅」、「人類女孩」就鳥獸而散，不過也有一些討厭哥哥的吸血鬼，老愛和哥哥作對。

後來埃斯克乾脆禁止她沒有特別的事情，千萬不要離開房間，若有事情必須離開，要有人陪同。

儘管有身為血族之王的哥哥在身後撐腰，溫祈悅仍覺得不自在，老是被困在房間內，連迭戈想要見她都必須經過埃斯克的同意。

趁著埃斯克在宣布事情，溫祈悅趕緊溜回房間，免得被埃斯克抓包。

她以為自己做得神不知鬼不覺，絲毫沒想到埃斯克已經發現，只是不想戳破，當然偶爾也會發現迭戈會祕密溜進她的房間。

好不容易能和妹妹一起生活，只要妹妹能開心，即便是不明智的要求，他一定會不遺餘力的滿足。

「去看看她。」埃斯克抿著唇，使個眼色給埃爾南。

埃爾南會意，在眾多吸血鬼的面前姍姍離開，來到溫祈悅的房間。

一進門，他看見在臥室走來走去的女孩，表情煞是悠閒，嘴裡哼著輕快的曲調，嘴裡一口接一口吃著埃斯克買回的脆迪酥。

埃爾南進門後，溫祈悅稍稍瞥了他一眼，繼續來來回回的走動，偶爾會在他面前做起煽情的伸展操，搞得他臉紅耳熱，想拔腿回到埃斯克身邊。

「小悅，妳別動手動腳的啦！」

面對她露出光滑潔白的纖腰，埃爾南騰的起身，卻又想到奉王的命令看著她，於是悶悶坐回位子。

「唉，這究竟是我對他的喜歡，還是安娜塔西亞殘存在靈魂深處的愛呢？」溫祈悅兩腿一前一後伸展開來，嘴裡呢喃的話語只有自己能聽見。

「小悅，妳在嘀嘀咕咕什麼？妳是扭到腰嗎？幹嘛露出章魚的姿勢，很醜耶！」埃爾南拿起一旁的雜誌遮住眼睛，死死盯著內文，不敢看溫祈悅引人遐想的美腿。

「呵呵，哪是章魚啊，這是瑜伽！土包子，連瑜伽都不知道，虧你還在人類世界生活。」轉頭看了眼埃爾南，溫祈悅莞爾一笑，可是她沒打算讓他知道自己在碎念什麼。

在照顧埃斯克的期間，她一直在思考自己對迭戈的感情。

還未恢復第一、二世記憶前，她對迭戈是有愛慕的情緒，會因為他一些溫柔、親密的舉動而臉紅心跳，也會因為他不在自己面前時，滿腦子想的都是他的身影。

當迭戈為了保護她而受傷，她真的很怕失去他。

那天迭戈捨身保護的畫面如今在腦海揮之不去，那種失去最重要之人的情緒擰著她的心。

那一刻，彷彿能感受到迭戈失去安娜塔西亞和亞莎時是相同的情緒，痛徹心扉。

若真的失去迭戈……彼此就真的無緣相見，因為她是人類，沒有永恆的生命；而他是吸血鬼，死亡灰飛煙滅。

害怕失去重要之人，一不見他，滿腦子會只想著對方的任何事情，看見他對自己溫柔一笑會臉紅心跳、小鹿亂撞。

腦海不禁回想起迭戈在她睡覺時說過的話：

「一遇見小悅，我整個人靜不下來，無論是睡著或是清醒，只要有關她的事情一直佔據腦海。」

溫祈悅停下來，心緒豁然開朗，「我也是呢，一遇見你，或一不見你，我整個人靜不下來，無論是睡著或是清醒，只要有關你的事情一直佔據腦海。」

埃爾南滿頭問號，溫祈悅在說什麼啊？正準備開口，門外響起幾聲敲門後被人推開。

溫祈悅納悶的轉頭看去，只見亞特的目光牢牢盯住她裸露在外的纖腰，比起埃爾南拿雜誌遮掩視線，亞特的目光很直接、且充滿色慾。

亞特的身後還站著三位吸血鬼，分別是一臉吃驚的迭戈、面色陰鬱的埃斯克、面露鄙夷的華。

迭戈擠開另外三人，匆忙走到溫祈悅面前，拉下她的衣服，「小悅，好端端的幹嘛掀衣服？」

溫祈悅抿著唇，忍不住翻個大白眼地道：「我在做瑜伽啊？這件衣服太長了，我拉起來好動。該不會連你也不知道瑜伽是什麼，以為是章魚體操吧？」

「呃……」迭戈真的沒聽過瑜伽。

溫祈悅笑咪咪看著迭戈支吾其詞的模樣，笑咧了嘴。她轉頭問道：「晚安各位，請問有什麼事情嗎？」

無事不登三寶殿，絕對有問題！

「不繼續做瑜伽嗎？」亞特牛頭不對馬嘴，忽略她的問題，想不到溫祈悅的身材挺好的。

「亞特。」華走到他身邊，灰綠色的眼中閃過一絲戾氣，「你的眼睛是否該換了呢？」

「呃呵呵，華，這雙眼睛薔薇很喜歡呢，怎麼能換呢？」下意識的摸著眼角，亞特訕訕笑道，

迴避華凌厲的目光。

溫祈悅覺得亞特似乎特別怕華。華的目光始終在亞特身上，這兩人若是上司和屬下關係，感情會好到這樣？

「埃爾南，過來。」護妹心切的埃斯克沉著臉，把埃爾南喚過來，嚴厲警告：「下次在門口外守著就好，眼睛不能亂看。」

埃爾南覺得很冤枉，哪有隨便亂看啦！都拿雜誌遮了，不然能怎樣！

溫祈悅搔搔下巴，看著眾人，「你們該回答我了吧，怎麼全都來了？」雖然她的房間滿大，能塞得下這些吸血鬼，但全部聚集倒是第一次。

尤其是華元老，每次都用鄙視的目光看著她，怪罪她為什麼想不起來契約內容，想不起來是她的錯嗎?!

亞特和華站在一邊不說話，埃斯克走到溫祈悅身邊，輕輕的、柔柔的把她的劉海撥開，說道：「當然是探望妳。」

探望？溫祈悅彎起唇角，他們的行為不像來探望，應該是來問最近有想起些什麼吧！

華冷哼了聲，主動揭開此行的目的：「還是想不出半點嗎？每天只會吃，在妳身上花費的金錢都是食物，多到可以蓋十個黃金棺材！」

「哪有這麼容易，腦袋是我的又不是你的，哪有你說想就想起來！要不是契約的關係，我犯得著一直拼命塞食物到肚子嗎?!」

溫祈悅早就討厭華鄙視的眼神，好像千錯萬錯都是她的錯，她也是受害者好嗎?!

「不然再用一次彼岸花，或許就能想起來！」

溫祈悅氣呼呼地找了張沙發坐下，抓起一大把的餅乾放入嘴巴，故意在華面前卡滋卡滋大聲吃著。

三天兩頭被人監視、催促，心情都受到影響。

迭戈在她身邊坐下，溫柔的握住她的手，搖搖頭，示意稍安勿躁。

埃斯克則偏過臉，忽視華發黑的臉色，淡然開口：「彼岸花這種東西用一次就好，它畢竟不是生長在人間，我擔心小悅身體吃不消。」

有了哥哥的相挺，溫祈悅挑釁似的聳聳肩，笑睇著華，站在華身邊的亞特覺得事情真難搞定。

之後是否該用彼岸花回想記憶的事情吵到不了了之。接連好幾天，溫祈悅無法繼續待在房間裡，懇求埃斯克解除門禁，成功在城堡周圍晃晃，而埃爾南當起狗仔尾隨她後面，作為埃斯克的眼睛。

白晝離開，黑夜降臨。溫祈悅現在也和城堡的吸血鬼一個模樣，約莫下午四點才會出來晃晃，但晃了幾天，撇除一些吸血鬼睡覺的禁地沒進去外，其他地方皆被她逛遍了。

「埃爾南，迭戈最近很忙嗎？」溫祈悅詢問始終跟在身後當跟班的小狗仔。

「唔……要處理華元老交代的事情。」

身後的吸血鬼含蓄的回覆，溫祈悅正想說什麼，前方傳來一陣嘻笑聲，女性的笑聲裡透出些許的嬌嗔。

埃爾南臉色一變，正欲找個藉口拉走溫祈悅，沒想到遲了一步，她已經朝著目標靠近，鬼鬼祟祟的躲在花瓶後面探頭探腦。

「小悅，他們已經發現妳了。」

埃爾南不禁啞然失笑，只要溫祈悅走過的地方都會留下人類的氣息，在城堡裡她根本不用躲藏，遠在十公尺之外的吸血鬼都能聞到。

「變態的藍花楹小姐，難道妳有偷窺的習慣？」從樓梯走上來的亞特眨了眨妖嬈的桃花眼，好笑看著偷偷摸摸的溫祈悅。

「誰、誰有偷窺的習慣啊！剛好有東西掉在這裡了。」對於藍花楹的稱呼，溫祈悅已經見怪不怪，放任亞特自個兒說去。

她的視線掃過遠處步行而來的俊男美女不由一怔。

迭戈的身邊站著一名身材高挑的吸血鬼美女。女人擁有一張甜美的臉蛋，墨綠色的丹鳳眼和一頭波浪性感的金色捲髮，胸部豐滿，前凸後翹。

溫祈悅看得目光都發直了。

難道她是亞特時常掛在嘴邊的「薔薇」嗎？

溫祈悅對女人的身分充滿好奇，以亞特那種眼光高尚的吸血鬼，配得上他的也只有性感的女人，否則前幾天不會看到她做瑜伽，之後幾天開口閉口都是要她做瑜伽。

視線往下掃向迭戈與金髮女人互相勾纏的胳膊，溫祈悅皺起眉宇，心中頓時泛出一抹酸澀，這女人真的是薔薇嗎？

若是真的，就是薔薇出軌了。

金髮女人的眼神顧盼生輝，自然發現前方一夥人的目光，遞向溫祈悅的眼神卻飽含著一絲絲的高傲與不屑。

慢著，溫祈悅覺得很奇怪，為何這女人要對自己示威？她又沒做什麼事情？沒搶對方的男人啊！

埃爾南恭敬的向輩分較高的凱莉行禮：「凱莉小姐，好久不見。」

被稱呼為凱莉的吸血鬼嬌媚笑說：「唉呀，埃爾南，你還是像以前那麼禮貌乖巧。」

溫祈悅瞇起雙眼，原來這女人不是薔薇，這麼說是衝著迭戈而來？

「迭戈，這人類是誰呀？」

凱莉上上下下打量溫祈悅幾遍，似乎也感覺到彼此忌妒的意味，玲瓏有緻的身軀下意識的靠向迭戈，露出強烈的佔有慾。

亞特在一旁摸著自己的頭髮，事不關己的笑說：「她當然是迭戈和埃斯克最愛的安娜塔西亞囉。」

這是亞特第一次沒有稱呼溫祈悅為藍花楹，分明想故意挑起女人之間的戰爭，因為在溫祈悅入住本部城堡後，幾乎每個吸血鬼都知道人類女孩叫溫祈悅，而凱莉因為這段時間在外地出任務，回來後才聽說過有一名女性人類待在城堡裡。

溫祈悅狠狠瞪了一眼亞特，哪壺不開提哪壺！

「安娜塔西亞……」凱莉瞇起塗滿銀紫色眼影的眼睛，朱紅色的豐唇溢出藐視的字眼，噗哧笑道：「沒想到第三世變成這樣呀，蠢蠢的模樣，這膚色變得好糟糕，好像黑炭……」

好歹她的肌膚也很白的，妳才像殭屍臉！溫祈悅雙手環胸，擠開亞特，繞到迭戈身邊勾住他的胳膊。

「迭戈，你不是說要帶我去市區嘛～？」

要鬥誰不會，別以為她是沒勇氣的小妹妹，她看不慣凱莉的語氣，吸血鬼有美麗的容貌了不起嗎?!

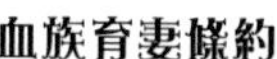

亞特心裡暗暗吃一驚，沒想到暴力藍花楹撒嬌起來居然挺可愛。如果不是被銀色手環攻擊過，這種嗲聲嗲氣的撒嬌會讓他把持不住想咬一口血。

迭戈看著看好戲的亞特與埃爾南，臉上露出無奈的神色。先是掙開凱莉，轉頭對溫祈悅說：「等一會兒就帶妳出去晃晃，只是最近市區死了很多人類，非常危險，所以才沒帶妳出去。」

溫祈悅笑顏逐開，得意的瞥了凱莉一眼。

只見凱莉的眼底透出掩不住的忌妒，任誰都猜得到這兩個女人為了迭戈互相槓上。

「那能不能帶吃的，我們一起用餐好嗎？」

「沒問題，晚點見。」

迭戈笑了笑，親密地揉了揉溫祈悅的頭髮，充滿粉紅的寵溺讓一旁的凱莉覺得被忽視了。

眼見迭戈的眼裡只有溫祈悅一人，凱莉眼角一挑，強力將迭戈身子轉回來，委屈的噘起紅唇說：「迭戈，你知道我一直被派外執行任務很久沒回來了，華不是要你今晚帶我去調查白色獵捕者的動向嗎？」

迭戈這才想起有這回事情，華有交代這項任務，不過隨行的還有亞特。

本來亞特應該要出聲解釋，但他沒有，反而靜靜的在一旁看戲。

埃爾南扯了扯亞特的袖子，用眼神對話：「你不也是隨行一員？」

亞特無所謂的聳聳肩，似笑非笑的低語：「小心被潑及。」

「不如我去請示華，看還有誰能一起行動。」迭戈不曉得華也派亞特跟著執行。

為了避免迭戈有機會和安娜塔西亞一起出去，凱莉忽然不再說下去，拐彎抹角地說：「為什麼不讓亞特帶安娜塔西亞去市區呢？省得每天混在花園和女人耳鬢廝磨。」

哇哩哩，溫祈悅臉色不變，要亞特帶她去吃逛街？算了吧，她沒被吸血蛭整死才怪，上次的硬麵包記憶猶新呢！

溫祈悅看了眼亞特，總覺得他會很開心的點頭答應帶自己去市區。「不了，我突然想到埃斯克找我。迭戈，如果你今天真的沒空，沒關係，改天再約吧，雖然我們很多天沒有一起吃晚餐了，不過這也沒辦法。」

她轉頭對埃爾南使喚道：「我們去找埃斯克。」

市區發生吸血鬼屠殺事件，迭戈奉華的命令去調查，和凱莉一起行動是沒辦法避免的事情。

「是呀，迭戈，華元老希望我們盡快去市區處理事情。」

凱莉在一旁催促，眉梢眼角都染上喜悅，心裡巴不得人類女孩快點滾蛋。

圈住手臂的手鬆了開來，迭戈的心裡浮起一種說不出的沮喪與難過，上前攔住正要離開的女孩。

「小悅，等等……」

他拽住她的胳膊，溫祈悅轉頭看著迭戈，視線偏右看向得意洋洋的凱莉，腦子浮現一個促狹的念頭。

「唉呀，你抓著我幹嘛？我急著去找埃斯克！」溫祈悅拔高音量想甩開迭戈的手，「你們不是要去市區嗎？有什麼事情回來再說。」

亞特、凱莉和埃爾南一臉困惑看著溫祈悅不明所以的行為，

迭戈無法坐視不管溫祈悅臉上的失落，要不然怎會突然想離開這裡？於是更緊地握住她的手腕。

「我晚上真的能趕回來，相信我！」

「迭戈，時間緊迫，我們走吧。」凱莉走上前，故意站在溫祈悅及迭戈之間，兩手搭在他的

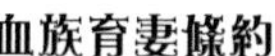

手上。

她轉頭看了溫祈悅一眼，眼神明明白白的透露出：「妳還不走嗎」的警告。

「先這樣。」溫祈悅用力掙脫被迭戈握住的手，一個不小心力道過大，朝凱莉方向甩去，只聞凱莉一聲尖叫，哭喪著臉跌坐在地上。

「啊！嗚嗚……好痛！」

眾人全都傻眼了，溫祈悅的表情卻十分鎮定，裝腔驚呼一聲：「唉呀，對不起，我不是故意的。」

其實她是故意的，剛好被迭戈拉住的手上戴著銀色瑪瑙手環。

亞特噗哧一聲笑出來。他用手帕掩唇偷笑。

藍花楹真令人出乎意料啊！藉著被迭戈抓住無法離開，加深迭戈的愧疚，身為情敵的凱莉無法接受，自然想將迭戈帶走。

雙方爭執之下，自然而然發生——手環撞牙事件！

注視著溫祈悅的迭戈，臉上掠過一絲古怪的神色，似笑非笑彎起唇角，將唇湊向她耳邊低語：「妳真的是……我真的會趕回來和妳一起用餐，不要悶悶不樂好嗎？」

溫祈悅摸摸自己的表情，表情有那麼明顯嗎？她笑了笑，轉身離開，「不說啦，你路上小心。」

「妳、妳……」

凱莉捂著下巴，牙齒險些被撞斷，牙關的痛讓她一句話也說不出來，憤怒的眼神直勾勾盯著漸行漸遠的溫祈悅。

「口、口惡……偶、偶不會、放過……妳。」可憐的美麗吸血鬼因為手環被溫祈悅打得口齒不清，仍站在原地的亞特不禁想起第一次被手環敲到的景象。

那個時候她對他手下留情吧……吃醋的女生果然可怕！

回到房間的溫祈悅心情更加煩躁，只要想起凱莉勾住迭戈、對他親密耳語不是滋味。以前看見迭戈和其他同班女學生走在一起、偶爾講幾句話也沒有那麼氣惱！

回想這一年對迭戈的感情，以及這段期間與迭戈的相處，溫祈悅漸漸意識到自己喜歡上迭戈，胸口異樣的情緒絕對不是安娜塔西亞的感覺，而是她自己的感覺。

安娜塔西亞殘留在靈魂深處的情感只剩下思念、愛慕、悲傷，並沒有忌妒及吃醋。

埃爾南靜靜的坐在沙發上看著溫祈悅在房間內來回走動，不曉得在掐指算什麼，最後走到牆壁邊，用額頭輕輕撞了幾下牆壁。

女孩奇怪的舉動嚇到了埃爾南，「小悅、小悅，如果有什麼問題可以告訴我?!為什麼要用頭撞牆?!」

「啊?我沒問題。」反觀溫祈悅覺得埃爾南很奇怪，何必大驚小怪，她只是意識到自己真實的內心。

抬頭看了牆壁上的時鐘，溫祈悅百般無聊的走向櫃子，從裡面挖出一包包的零嘴，「我想要去花園逛逛，記得帶上零食哦，趁迭戈還沒回來前，先來個晚餐前的點心！」

埃爾南接過溫祈悅遞來的餅乾，亦步亦趨的追上去。

今夜的匈牙利市區不太寧靜，連帶影響本部吸血鬼的躁動。大家憂心忡忡的討論白色獵捕者大開殺戒。迭戈和凱莉前往市區調查、華有事情外出沒有待在本部，至於埃斯克則留在城堡和王族開會，埃爾南則奉命守在溫祈悅身邊。

溫祈悅不知道市區發生什麼事情，又很擔心迭戈的安危，可是枯坐房間乾著急也沒有用，索性到花園散步。

白色薔薇恣意的綻放在朦朧的月色下，柔美的身姿隨著晚風拂來搖擺不定，散發出淡淡的清香。

溫祈悅摘下一朵，放在鼻端貪婪地深吸一口，露出滿意的神色。

「小悅，那是多隆親王的花朵，不要亂摘啊！」埃爾南站在後面，「他很照顧薔薇花的，到時候被他知道妳亂摘……」

亞特的是吧？她偏要摘！溫祈悅把手裡的餅乾暫時扔到地上，兩手快速摘下好幾朵薔薇花。

「啊啊啊啊！」埃爾南被溫祈悅的行為嚇了大跳，抓住她的手，「不行啦，妳摘太多了！」

「他不知道啦，放心好了！」哼哼，誰叫他要拿硬麵包給她吃。

溫祈悅轉身，伸手扣住埃爾南的肩膀，將一朵薔薇花插在他的髮鬢上。

「一朵送你吧，好可愛哦！」

白色的薔薇搭配耀眼的金髮和湛藍色的眼眸，美到極致，連她都忍不住臉紅心跳。

「天上的星星像是你的眼睛，亮亮的，深深吸引我的眼；天上的月亮像是你頭上的薔薇花，柔柔的，深深吸引我的感官；晚風像是你的聲音，輕輕的，深深吸引我的心。」

溫祈悅開玩笑的說，不知道她喜歡迭戈的人，會誤以為告白的對象是埃爾南：。

埃爾南難為情的順著自己的金髮，「小悅……那門多薩親王呢？」他可不想被王和門多薩誤會啊！

「呃、就、就……」

溫祈悅忽然啞口無言，眼神閃爍的望著夜空，剛理解自己喜歡上迭戈，目前還沒有勇氣在別人面前承認啦！

她轉頭一看，對上埃爾南亮晶晶的藍眸，頓時害臊的用手敲了他的腦袋一下，「小孩子問這個做什麼！」

「唉唷，小悅，我都說我比妳大了！」

這女孩老是喜歡針對他的幼齒臉孔調侃。沒辦法咩，父母親就把他生得這樣了。

「抱歉抱歉啦，誰叫你長得像正太。」溫祈悅輕快的口吻一點也不像道歉。

她一臉壞笑地提肘頂了頂埃爾南，「你呢？既然是小帥哥，這幾百年間應該有交女朋友吧？」

「沒有，我並不需要女朋友，而且我也沒交過！」

「嘖嘖，虧你活了百年以上，原來還是個處男，真的是白活了！」

「處、處男又怎樣啦！也有不少女孩子欣賞我的哦，只是我心裡只有親王大人！」

淨白如脂的臉龐浮現害羞的神色，埃爾南抿起的嘴角略略上挑，礙於她是親王的愛人而不好意思發火，只得鼓起雙頰憋著。

溫祈悅就愛看埃爾南害羞的模樣，難以想像活了上百世紀的吸血鬼也有活靈活現的一面。

原本以為他們活得夠長了，對任何事情都沒有慾望，而是心如止水。

「哦哦～愛慕親王大人。」溫祈悅手很賤又摘下幾朵薔薇花，可見埃爾南對迭戈有著很深厚的情感。

「哦不，小悅……」埃爾南懊惱的低嚀一聲。「多隆親王和伊萊元老不喜歡有人摘薔薇！」

「好吧，那我們來野餐。」

溫祈悅席地而坐，把摘下來的薔薇花編織成一個花冠，戴在埃爾南的頭上。

兩人坐在薔薇花圃中央聊得甚歡，帶來的十五包特大尺寸的零食在十五分鐘之內被溫祈悅吃得一乾二淨。

就在此時，城堡南面方向警鈴大作，兩人神色一緊，不約而同的望向遠方。

城堡外圍皆有設下結界，只要不屬於本部吸血鬼強行進入，都會警告所有吸血鬼群起戒備。

「小悅，手伸出來。」埃爾南嚴肅的說。

「你在幹嘛？」

見她伸出手後，他在銀色瑪瑙手環上施法，在周圍布下結界，暫時掩蓋住她的人類氣息。

「我要去那邊檢查，妳待在這裡不要動，我在妳周圍設下結界，暫時不會有人類氣息。」

沒等她反應過來，埃爾南的全身消失在耀眼的黃金色光輝中。

「笨蛋，哪有人叫我待在這裡等，冷死了。」

溫祈悅對著空蕩蕩的薔薇花圃嘟囔，到底發生什麼事情？今夜似乎不太安寧，迭戈應該沒事吧……

餘光眼角就瞥見一抹身影隱藏在林蔭下，不曉得是何人，形跡偷偷摸摸，讓她生疑。

溫祈悅屏住呼吸，輕手輕腳的靠近。只聞幽靜的薔薇花園傳來一陣陣的曖昧呻吟聲，聽得她臉

紅耳熱，心兒砰砰跳個不停。

居然有吸血鬼敢在花園做那麼放蕩的事情，不怕被其他吸血鬼觀看嗎？

越是接近那抹身影，瀰漫在空氣的血腥味也越來越重，混雜類似催情的味道。

難道她猜錯了？若真的是在做刺激的事情，應該不會有血腥味。

她想轉頭離開時，腳下不慎踩到陷阱，一陣劇痛襲來，驚呼聲脫口而出，引來那個人的注意。

同時間只感覺到腰際一緊，被一具冰冷的身軀抱個滿懷，嘴巴旋即被對方堵住，一股涼意貼上嘴唇。

是誰?!

溫祈悅奮力的掙扎，手指觸碰到的手臂、胳膊皆是徹骨寒冷，感覺到對方的力氣特別強勁，強硬的壓制住她的掙扎。突然間，臉被轉了過去——

毫無預警的撞上對方極盡魅惑的紫金色眼眸，她的腦子裡「轟」的一聲爆炸開來，眼前只有迭戈被放大數倍的臉。

他人不是在市區嗎？

心裡無數個疑惑被他加深的擁吻給壓到心底深處，她感覺到自己的心臟在他靈活的把舌頭鑽入後，幾乎停止跳動，肌膚、臉龐燒得一片火辣辣的燙，心臟一陣一陣的抽痛。

他的動作陡然加快，冰冷的手指滑過敏感的脖子，急速解開她衣襟的鈕扣，將衣服褪到肩膀，嚇得她開始掙扎，被吻得無法呼吸，腦袋亂糟糟一片，眼前的臉孔轉呀轉，像乘著高速雲霄飛車。

「迭戈，你怎麼也學壞了？開始玩起戶外遊戲。」一道熟悉的男性戲謔嗓音竄進兩人激情的思緒之中。

迭戈停下手邊的動作，迅速將溫祈悅滑到胸口的衣服拉回原位，轉頭道：「華元老不是要你巡查城堡周圍嗎？剛警報器有響，怎麼還待在這裡？」

窩在迭戈懷裡的溫祈悅深深吸了幾口氣，根本無暇理會突然出現的男子是誰，一個勁兒的看著岩石怔怔出神。

對方突然一個轉身，她嚇了一跳，竟然是亞特。

溫祈悅偏過臉，不想讓亞特看見她此刻羞澀的模樣，但亞特已經看見了，那雙紫羅蘭色的雙目透出詭異之光，隱隱流轉著一絲絲的嗜血慾望，鋒利的獠牙露出雙唇。

「藍花楹小姐，妳的氣息怎被人用結界包圍起來了？怪不得我剛才沒感覺到人類的存在，妳有看到什麼嗎？」

亞特笑睇著滿臉通紅的溫祈悅，觀察之下，才發現結界的源頭來自於銀色瑪瑙手環。

溫祈悅低垂著臉，胸口的心跳仍跳得很快，情緒還沒平復下來，她抿著雙唇不發一語。

見狀的迭戈支起身子，代她回答：「她是被你餵給薔薇吃的東西味道給吸引過來，搞得全身燥熱，你說我不必馬上替她壓壓火嗎？」

「沒有催情藥，怎能玩得下去呢？呵呵……」

亞特低聲笑著，慵懶地翹腿坐在石頭上，望著椅子上的女性屍體，出乎意料的提起：「曾經我想就此陶醉不醒，然而薔薇的手姿卻一而再再而三的浮現在腦海裡，使我只能不斷的想盡辦法抹殺掉。」

溫祈悅轉頭凝視著亞特的側臉，聽得出他對薔薇的惆悵與哀傷。

埃爾南說過，亞特和華不喜歡有人摘薔薇，由此可知非常愛護薔薇。

難道城堡的薔薇是亞特心中的薔薇一種代替的形象化？

溫祈悅冷不丁的開口說道：「既然想要抹煞掉，何不把整片薔薇花圃燒掉，省得睹物思人。」

十分意外溫祈悅居然會在這時說話，亞特挑了挑眉，輕浮笑著道：「藍花楹小姐，妳的火似乎還沒降哦……不怕我留在這裡觀賞十八禁場面？妳想要第三人觀賞，我無所謂。」

「滿腦子精蟲思想！」溫祈悅冷冷地瞪著亞特似笑非笑的神情。

「我說正經話，既然你想抹煞掉薔薇，證明你恨著她……越是恨，也代表你越愛她，當然忘不掉，於是深陷其中，惡性循環下去……」

說著同時，一隻冰冷的手掌覆蓋上她的手背。

溫祈悅知道是迭戈，明白他的用意是不想讓她在這個時候槓上亞特，但出口的話已經來不及收回來。

別看亞特平常吊兒郎當的模樣，只要談到薔薇，他會動怒。

住在城堡的期間，曾有一些吸血鬼聊到薔薇的名字，一律都被亞特打得半死。

但這一次不曉得是不是亞特沒把溫祈悅的話放在心上，或是認同她的話，聽完後沉默不語，臉上浮現複雜之色。

亞特轉眸望向城堡的遠方，突然跳下岩石，拎起躺在椅子上的屍體，瀟灑的擺擺手。

「祝兩位擁有美好激情的夜晚。」最後，他只扔下這麼一句話，轉眼間消失在兩人面前。

亞特拎起屍體的瞬間，溫祈悅隱約看見女子死前猙獰的表情，覺得毛骨悚然，忍不住詢問迭戈，「薔薇到底是誰？他不是很愛薔薇嗎？」

亞特時不時的把薔薇掛在嘴巴上，但為什麼看見的是女子充滿恐懼的神色？

「那不是薔薇，真的薔薇死了好幾百年。只要是叫薔薇的女子，通常都會死於亞特的齒下。這女人應該是第一千多號的薔薇吧。」迭戈幽幽嘆氣，皺眉看著空蕩蕩的長椅，「誰叫真的薔薇曾經背叛過亞特，跟別的男人跑了。」

「一千多號？」溫祈悅一聽，差點一口氣沒喘過來，「他、他……殺了那名女人，只因為擁有同樣的名字？你們沒管嗎？這是殺人的行為耶！好吧，你們都沒有把人類放在眼裡，人類對你們來說只是個糧食……」

華就是個好例子，為了吸血鬼家族的安全生活，想犧牲她一人。

迭戈不能否認溫祈悅的話，本部的吸血鬼確實沒有把人類放在眼裡，「只要薔薇花存在在城堡，亞特心裡的恨仍會存在。」

在認識亞特時，迭戈曾經要亞特放下憎恨，但幾百年以來，城堡的薔薇花有增無減。

收回目光，他轉頭凝視道：「小悅，現在妳的身體還好嗎？」

話題轉得快速，讓溫祈悅一時反應不過來。

她尷尬的別過臉，面頰的紅暈洩露出少女的羞澀，「還好啦！可你怎麼沒經過我的同意就……」吻我……她說不出來了！

第一次的美好初吻居然被亞特破壞了，她本來想在幽雅美麗的環境讓彼此慢慢靠近的接吻，沒想到是狂風暴雨的吻。

迭戈笑了笑，低沉的聲音仿若上等濃純香酒。他故意低喊她的名字：「小悅……」

心冷不防的一跳，溫祈悅只要回想起方才的擁吻，就無法好好的面對迭戈說話。

「我、我要回房間去了。」

「等等。」迭戈伸手拉住她的手，雙手捧住她的雙頰，一字一句的說道：「小悅，妳還記得我曾經說過的話嗎？」

他的眼睛在昏暗的夜色下依然清晰明亮，低沉的話語如同一壺甜酒在周圍散發出曖昧的幽香。

本想走的溫祈悅只得被迫迎上誘惑的紫金色眼眸。

對方一眨不眨的專注目光讓她頓時失了神，有些羞赧的搖搖頭。

他說過的話很多，而她不知道他問的是哪一世說過的話。

「我曾經對安娜塔西亞說：『只要有妳的笑容，再苦、再久的千年等待都是值得。不論結局如何，我永遠會在下一世等妳，我會去追尋妳、不停的追尋著，直到找到妳』。」

心湖仿若經過千迴百轉，漾起圈圈漣漪，消失了又現身，不管過了幾世，他永遠是他，唯一改變的是她，使得記憶與愛情就像沙漠上的足跡，風一吹，煙消雲散。

在輕薄月色的掩映下，眼前的他就像身在霧中的幻影。

溫祈悅感覺到眼眶有一抹濕氣，她抹了抹眼角，緩緩垂下眼簾。

「為什麼突然說些要生離死別的話，一切都還沒結束，不能因此放棄。」

溫祈悅多麼不想把迭戈的話放在心上，但面對他認真的神情，像是在宣告彼此的感情在這一刻終結，讓她不得不去正視。

「妳說的沒錯，一切還未結束，我們不能放棄。」

迭戈慢慢的鬆開手，將飛落在地上的薔薇花捧在手心，指尖發出一抹銀色光輝，幻化出璀璨的各色螢火光點圍繞在她周圍，帶著淡淡的憂傷、快樂、悸動，剎那凝聚成永遠不滅的深刻記憶。

她有些失神的望著散發幽美芬芳的光點，胸口升起難言的感動。

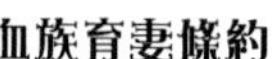

「迭戈，如果將來有一天我還是離開你，而且忘記你了，請你找到我時，不可以再隱瞞我任何事情，務必讓我早一點想起來，包括你的身分，我的記憶，不能只讓你一人擁有，然後……禁止你跟凱莉往來。」

溫祈悅閉上眼睛，唇瓣掀起一抹甜美愉悅的弧度，忽爾揚手揮起地上的花瓣，在薔薇與藍花楹的飄飄蕩蕩的飛舞下，形成一幅美麗的景色。

「一定的，我承諾。」

耳邊傳來迭戈如清泉動人的嗓音，溫祈悅很詫異他對於禁止和凱莉來往答應的這麼乾脆，似乎有甜滋滋的糖果融化在心裡，使她的嘴角不由地勾起甜蜜的微笑。

後腦杓傳來一股力道，溫祈悅心下一驚，驚惶的睜開眼，只見迭戈放大的臉孔，彼此的唇瓣緊緊貼合。

迭戈比方才的動作更為大膽，雙臂牢牢的擁住她，利用岩石的支撐力，將她推了上邊，靈活的舌頭先在唇上舔了舔，才撬開唇齒，淡淡的花香隨著舌頭滑進後，擴散在口腔中，嘴裡的每個角落，都有他強行帶入的藍花楹味道。

溫祈悅渾身乏力，顫抖的手指揪住他衣襟，一聲聲的嬌喘呻吟很快的被彼此交纏的舌給吞沒。明白自己的真心後，她不會再拒絕迭戈。

「小悅……」

他驀地停下綿長的深吻，紫金色的眼眸閃動著深紅的慾望之光，轉而將嘴唇貼在她的脖子，粗重的喘息剛好落在她的耳邊。

她感覺到全身熱得像燒滾的開水，直到脖子一個尖銳的東西抵住，她愣住了。

「或許我跟妳永遠只能保持這樣……」

迭戈的兩顆獠牙抵在她的脖子上，低喃的聲音像凝結的冰山撞擊在她胸口。

感覺到迭戈隱隱顫抖的身軀，溫祈悅感傷的回抱住他冰冷的身軀，給予屬於人類的溫暖。

他們永遠只能是人類與吸血鬼——這是不變的事實。

溫祈悅知道迭戈害怕再次失去自己，不敢嘗試初擁，若又像亞莎・連恩一樣在初擁後而死，就得承受百年的轉世等待。

「迭戈……」溫祈悅低低的呼喊，聲線裡透出一絲絲嬌媚卻又傷感的意味。

不知道是不是想緩和哀傷的氣氛，又或是迭戈不想再聽見她悲傷的呼喚。他的眼眸與聲音裡不再帶著惆悵神色，反而用調侃的語調說道：「小悅，千萬別這樣喊我、別用悲傷的眼神看我，否則我要繼續懲罰妳哦。」

「不、不准！這裡是戶外，在戶外接吻好奇怪，萬一有其他人來怎麼辦？」溫祈悅窘迫的別過臉，裝做沒看見迭戈眼裡的笑意，嘀咕道：「而且明明是你先起頭的！」

「小悅，我很希望妳開心就好，不要有任何煩惱，我會為妳擋下一切。」

溫祈悅眼角酸澀，感動到快要哭了。她不想在迭戈面前流下眼淚，這會讓他擔憂，他希望她是開朗笑著，而不是整天一張苦瓜臉。

「我們走吧。」

溫祈悅作勢站起身，卻被迭戈拉了回去，強制壓在草皮上，雙腿被他壓住動彈不得，他的另一隻手卻放在她的臉龐一側。

壓草地動作教她很難為情，耳根子火辣辣的燙，她的臉一定很紅。

「你、你你你怎麼了?!這樣好奇怪。」溫祈悅想抬手推開迭戈，反被捉住，五指轉為與他曖昧相扣，緊密的貼在一起。

迭戈笑意盈盈的把她的手背放在唇邊親吻，「妳還記得嗎？安娜塔西亞的第一次初吻，是由妳主動的。」

溫祈悅慢慢的點了兩下頭，「記得有這一回事。」

「妳還記得自己曾經說過什麼嗎？」在她搖頭下，迭戈繼續地說：「妳很豪邁的說：『往後初吻就只能屬於我，若我忘記了，就由你來主動。』這是妳離開我的那一天，對我說的話。這是我們之間的初吻之約，現在我幫妳實現了。」

迭戈輕笑起來，彷彿漫天的星光全都融入了唇邊的弧度。

溫祈悅怔怔的看著迭戈臉上洋溢的幸福笑容，當回憶起和安娜塔西亞的記憶時，他的表情總是那麼柔和。

她很希望迭戈能重拾幸福，只有解開契約內容就有機會解決赫爾蒂芬，她才有機會補償前面兩世無法給予迭戈的幸福。

迭戈說完話便鬆開手起身，將她抱起來，貼心的替她整理好凌亂的衣衫。

「小悅，為了我們的將來，妳要加油，是妳說的，不到最後一刻，千萬不能放棄，這是我們之間的約定。」

溫祈悅迎上他深情的目光，深呼吸道：「我會加油的，不到最後一刻，不能放棄！」

他們之間有太多的阻礙，很多來不及實現的約定，卻在無緣的情況下，留到下一世，她不想讓約定變成彼此間的無緣……

迭戈張了張口，欲言又止，最後卻什麼話也沒說出口。轉過身之際，溫祈悅捕捉到眼淚自他眼角一閃而逝。

她拽住他的衣袖，「你是不是還有話想說？」

迭戈緩緩地轉身，浮現在臉上的亮麗笑容逐漸消失。

遲疑了幾秒鐘後，在她堅持的目光下，啟唇道：「其實妳還未恢復兩世記憶時，對我的觸碰總是很拘謹，但妳今天回應我的吻，我可以擅自解讀為：『妳喜歡我嗎？』」低啞的嗓音洩漏了他壓抑的渴求，多麼希望她的回答是「是的。」

溫祈悅心裡微微一動，大概猜到為什麼迭戈不敢開口詢問，因為她之前有點抗拒迭戈的溫柔，這不能怪她，那時候還沒想起前面兩世的記憶，再加上又遇到吸血鬼，平凡的生活一夕間打亂，難以習慣。

溫祈悅微笑著，牽起迭戈的手，與之十指相扣，「是的，我喜歡你，每一分每一秒都惦記著你的身影，也很清楚沒有想起二世記憶的我早已愛上你。」

她認為有必要說清楚是因為二世記憶才愛上迭戈，還是因為原本就喜歡上他了。

答案很明顯，無關於二世記憶。

這一次，她想要認真看待第三世的愛情，不想被過去束縛去。

「我們交往吧，迭戈，和我，溫祈悅。」

溫祈悅滿臉紅潮，天知道用多少勇氣才主動要求成為男女朋友。

迭戈緊緊握住溫祈悅的手指，有種很想潸然淚下的感動。這句話等了百年，原本以為第三世沒有機會了……

「嗯。」內心不言而喻的激動瞬間讓他的嗓子變得沙啞。

迭戈加深手中的力道，忽然之間無法言語了，只得望進她黑若繁星的雙眼。

然而，難能可貴的幸福就像沙漏從指間流逝。

就在此時，溫祈悅的心臟傳來的劇痛翻江倒海的擴散開來，她壓著胸口癱軟在地，卻被迭戈及時抱在懷裡。

「小悅、小悅！」

「迭戈……好痛！」溫祈悅咬緊牙關，已經痛得無法好好說話。

這種劇痛她認得，但是她不明白，為什麼這一次來得洶湧、令人促不及防，幾乎快奪走意識?!

明亮的月光陡地被烏雲籠罩，寧靜美好的夜晚瞬息間變了天色。

迭戈看著她慘白的面容，渾身毛細孔突然擴張，似乎受到她血液裡的邪氣牽引，空氣中流轉著赫爾締芬的味道。

溫祈悅咬住下唇，感覺到死亡一步步的逼近，眼角流出象徵未完成心願的淚水，好痛……她不想要離開迭戈。

「迭、迭戈……」

握住迭戈的手慢慢鬆開，溫祈悅感覺到一股熱流從身體最深處蔓延開來，血管似乎有股奇怪的熱流躁動，狂妄的沸騰著，試圖衝破她的身體，然後慢慢的匯聚到眉心。

「哈哈哈哈哈哈！」

一團黑色混濁的氣體突破枷鎖，衝上天空，伴隨著高昂的笑聲。

第八條　如噩夢降臨的首領

「赫爾締芬復活了——」

這幾天，本部流傳著這一句駭人聽聞的消息。

溫祈悅昏迷的那一天，所有吸血鬼王族感覺到赫爾締芬汙穢的邪氣遍布匈牙利。

身為當事人的溫祈悅以為會翹辮子，沒想到一醒來，手依舊被迭戈牢牢握著，而埃斯克、埃爾南、亞特和不討人喜歡的華站在床邊一邊等候她的甦醒，邊討論接下來的決策。

溫祈悅知道事情越來越糟糕，沒等眾人開口詢問，便把昏迷前聽見的詛咒說出：「『安娜塔西亞，妳永生永世都不得與迭戈在一起，否則心上的窟窿會越來越大，我會讓妳生不如死！』」

甦醒後，她感到全身疲憊，總覺得赫爾締芬徘徊在附近，形影不離的監視自己。

華卻義正詞嚴的說沒有這回事，赫爾蒂芬已經死了，就算復活，依照邪氣的狀態還未完整。

雖然埃斯克和華一樣沒有感覺到赫爾締芬的存在，但溫祈悅一口咬定赫爾蒂芬一直在她附近。

埃斯克心疼妹妹的狀況，將城堡結界範圍擴大，加派人手防禦。

若赫爾締芬出現，城堡內的吸血鬼不可能沒有感覺到，可是不代表他不相信妹妹的話。

既然吸血鬼們都說赫爾締芬沒有在她身邊，溫祈悅不想再辯解什麼，內心依然害怕，央求埃斯克讓迭戈留下來。

可是迭戈應了她的要求留下來了，每當她想靠近他時，心臟就開始疼痛。

赫爾締芬的詛咒成真了，真的想將她的心戳出個大窟窿。

溫祈悅忍痛將迭戈趕走，埃爾南和埃斯克見狀於心不忍，最後留下來陪伴在溫祈悅身邊的是埃斯克，但埃斯克身為王，必須處理城堡所有事情，無法時時刻刻守護在溫祈悅身邊，於是埃爾南成為不二人選。

今夜，月色明媚，星光璀璨。

溫祈悅坐在窗邊，俯視站在陽台樓下的迭戈。

沒有迭戈在身邊的這幾天她過得好痛苦，喜歡的人就在眼前，她卻一句話和擁抱都不能做，光是靜靜的與對方四目交會，心臟的痛狠狠凌虐自己。

泰戈爾有一句詩詞說，「世界上最遠的距離，不是我不能說我愛你，而是想你痛徹心脾，卻只能深埋心底。」很像她此刻的寫照。

看見迭戈的唇邊彎出一抹仿若春風清涼般的微笑，她的呼吸驟然一窒，飛快的轉移視線，撫著痛楚的胸口喘息。

「迭戈……」難道他們之間只能維持這樣的模式嗎？

「嗨，藍花楹小姐。」

聽見熟悉的稱呼，溫祈悅依舊靠在窗邊，馬上知道是誰。她懶得回頭，用著冷淡的口吻道：「有何貴幹？」

這幾天大家都明白她和迭戈的處境，沒有特別來打擾，只有亞特常常跑來串門子，就像現在房間的主人還未允許坐下，客人大喇喇的翹起腿，舒服坐在沙發，獨自飲血作樂。

「心還疼？」亞特拔開軟塞，倒了一杯紅酒，一股淡淡的血腥味在房間蔓延開來。

知道溫祈悅不喜歡血味的埃爾南皺眉勸道：「多隆親王，你明知道這種味道不適合出現在房間

裡……」

論位階，埃爾南比亞特低一階，但以保護祈悅為理由，埃爾南有資格在亞特面前討論王定下來的條規。

「總要刺激一下啊，如果感官都因為心痛而麻木了，這樣人生有什麼樂趣呢？」亞特朝溫祈悅的背影略微揚了揚酒杯，輕笑道：「聞到不喜歡的味道，總要有些反應吧？呵呵。」

溫祈悅懶洋洋的側過臉，瞥了他一眼，「你不去找第一千多少個的薔薇，來我這裡幹嘛？我不是薔薇。」

說實在，她對亞特的印象趨近於負分了，亞特已經殺害無數名叫「薔薇」的女子，仇恨可以讓人墜入無盡的深淵，就像是恨著她和迭戈的赫爾締芬，持續上百年。

「最近為了妳和白色獵捕者忙著呢，根本無暇將注意放在薔薇身上。」

溫祈悅靜靜的望著一臉輕鬆態度的亞特，緩緩說道：「薔薇究竟在你心中占據多少分量？你恨她背叛你，其實你痛恨的是忘不了她。世上有一種東西，不因時間的轉移而漸漸消失——那就是靈魂。」

看見亞特沉默的擱下紅酒，她頓了頓，然後說道：「愛、恨、記憶、回憶，是可以烙印在靈魂深處，長久以來，你的靈魂，烙印了多少個薔薇，經過百轉千迴，永遠不能忘記，可能只有等你死亡的剎那，才有辦法放棄吧……」

她知道無法認同亞特的作為，也忍不住想對亞特說教。

或許能讓亞特真正放下薔薇只有死亡，一旦死了就灰飛煙滅……

這個道理是否能套用在赫爾締芬身上，是否她死了，就能暫時結束這場上演百年的仇敵之爭？

她相信不管說什麼，亞特不會聽進去，會選擇笑嘻嘻的轉身離開。

過了幾分鐘後，事實證明她的想法錯誤了。

亞特在沉默了一會兒後，出乎意料認同她的話。

「妳說的沒錯，身為黑暗中的靈魂，不知道染上多少薔薇的鮮血，但我就是故意與命運反抗，讓她的名字深刻的烙印在我的靈魂深處，她想離開，我就殺死她，只有我的靈魂灰飛煙滅的那刻起，才能脫離這段漫長的仇恨。」

「隨便你，沒事就給我滾。」

心裡暗暗嘆氣，她原本的用意只是想要亞特看清仇恨，為了已經死亡的故人糾結，痛苦的只有他自己。

溫祈悅懶得解釋，亞特的執著已經到了可怕的境地，難以想像是什麼樣的恨才能說出這樣的話？

溫祈悅抿住唇，沒再說下去，目光轉回窗外，發現迭戈已經不在了。

看見她的目光轉向樓下，亞特嘴角翹起一抹柔媚的笑，輕佻地道：「不如藍花楹小姐跟了我吧，省得每天鬱鬱寡歡，華和埃斯克為了妳爭鋒相對，而我又是聽令華的，一下要我不准殺妳、一下要我快殺死妳，做人真為難呢！」

原本在一旁安靜聆聽的埃爾南皺起眉頭，光是用腳趾頭想就覺得會議是充滿煙硝味的戰場。

他嚷嚷道：「多隆親王，你怎麼可以說讓小悅跟了你，王和門多薩親王會生氣啦！」

亞特裝作沒看見溫祈悅鐵青的臉色，興高采烈的說：「反正迭戈又不在，勾引藍花楹誰會發現。埃爾南，你敢說出去就死定囉！」

話音方落，門口傳來冷戾中帶著惱怒的嗓音。

「但是我在！」

「不會吧？」亞特全身打個冷顫，手裡晃著酒杯在這會兒停住。他緩緩挪動僵硬的脖子，轉頭看向站在門口的男子：「華……你不是去開會嗎？」

「我不是說別來找安娜塔西亞嗎？把我的話當耳邊風？埃斯克不喜歡我們常來這裡。」

華瞇著銳利的灰綠色眼睛，兩手插著口袋，像一頭殺氣騰騰的獅子朝亞特所在位置走來。

「我、我怕安娜無聊嘛，你看她因為愛情憔悴得不像樣……人不像人，鬼不像鬼。」亞特尷尬的笑了笑，企圖把焦點轉回溫祈悅身上。

「誰管她像人像鬼，只要不是和我們同一類就好。」華朝溫祈悅投了輕蔑的一眼，嗤笑道：「亞特，你不是和我站在同一邊嗎？管這女人做什麼？快跟我走，我有事情要說！」

他說著拽住亞特，離開前，朝埃爾南吩咐道：「下次亞特再來找你們，馬上通報給我，明白？」

「是，伊萊元老。」埃爾南恭敬的說道。

溫祈悅幸災樂禍笑看著亞特被華拖著離開，「慢走，不送！」

虛心的亞特被一臉陰森森的華帶走後，溫祈悅指著桌上的紅酒道：「把那個紅酒喝掉吧，別浪費。」

現在耳根子終於清靜了，想起亞特看見華膽顫心驚的模樣，她就捧腹大笑，平常風流慣的亞特居然會害怕華。

迭戈、埃斯克、埃爾南、亞特、華，這五人很少走在一塊。

她多次觀察下來，亞特和華屬於同一國，埃斯克和其餘兩人雖談不上一國，但為了溫祈悅會時

常聚在一起。

奇怪的是，亞特和華之間的關係似乎比其他人來得親密許多。舉例來說，華剛才摟住亞特的胳膊離開，她從來沒看過兩個男人可以親密的手勾手離開，即便是哥們也不太可能。

溫祈悅托著下巴注視著正在解決紅酒的埃爾南，開口問道：「亞特和華元老是不是有一腿？」

「噗」的一聲，埃爾南被溫祈悅的話給嚇了一跳，一口紅酒噴了出來。

他趕緊抹抹嘴巴，慌慌張張的解釋：「才、才不是呢！他們感情很好啦。伊萊元老在弟弟犯下大錯後，有一段時間很想自殺，是多隆親王陪伴在伊萊元老身邊，而伊萊元老曾經有過想替弟弟報仇的念頭，可最後不了了知，他們純粹感情好，本部很多重要大事都是他們兩個一起商議出來。」

溫祈悅愣住，才問一個很簡單的問題，埃爾南緊張兮兮的解釋一堆，深怕她誤會似的，他的反應太過誇張吧！

心底浮現捉弄的念頭，她笑了笑，扔出另一句驚駭世俗的話：「原來如此啊，雙方一起度過低潮的日子，逐漸發展出一段禁忌的愛情，男人之間的愛情多麼坎坷啊……」

埃爾南忙不迭的搖搖頭，為自家的吸血鬼辯駁：「小悅別胡思亂想，根本沒這回事！他們坦坦蕩蕩，沒有愛啊！」

天哪，她的想法太驚悚了，埃爾南無法想像華和亞特親親我我的模樣，若是如此，華要不要乾脆改名為薔薇！

埃爾南一臉囧樣，溫祈悅懷疑的眨了眨眼，忍住偷笑，「是嘛？那你這麼緊張做什麼，難不成你喜歡男人？」

「才、才才才不是！我的性向很正常！」埃爾南整個人跳了起來，他怎麼越來越不懂小悅的思

維了？誰來救救他啊……

「瞧你頭大的模樣，哈哈哈哈！你其實……」

溫祈悅清了清嗓子，本想繼續下一劑猛藥，話還未說完，漆黑的夜幕突然一道青白色的閃光劃破長空，穿透雲層直撲地面，接踵而來一道道隆隆巨響，震撼本部的所有吸血鬼。

溫祈悅停住聲，俯貼在窗前眺望遠方，身子忍不住打了顫慄。

埃爾南手中發出黃橙之光，在她周圍設下結界，臉上是一片肅穆之色。

轉眼間，烏雲滾滾而來，黑壓壓的一片中隱約能見幾抹詭譎的身影飛馳而來，數道刺眼的五彩光芒射出從城堡的外圍，直奔天際，與藏青色的能量核互相撞擊一塊，迸射出耀眼的金黃色亮光，刺得房內兩人閉上雙眼。

轟隆巨響後，翻湧而來的烏雲竄出幾抹鮮明的身影。

溫祈悅定眼一看，驚駭的大叫：「埃爾南，是白色獵捕者——」

她永遠記得這些可怕的吸血鬼帶來的恐懼，更清楚記得迭戈拼命的擋在面前，義無反顧的保護自己。

「我沒有感應到他們的氣息，為什麼會這麼快出現在這裡?!」埃爾南俯身靠在窗前凝眸望去。

沒有任何預兆，這些白色獵捕者彷彿隱匿了氣息，虎視眈眈了許久，終於在這一刻爆發。

一條條金色流光射向漆黑的天空，停在城堡上方的中心點，形成一個漩渦，漸漸膨脹開來，一聲聲爆響伴隨著白色獵捕者嘶吼的叫聲，震撼所有人的耳膜。

當城堡外圍打得如火荼毒，位於房間內的溫祈悅急得不知如何是好，看著城外時不時的閃現各色打鬥之光，哀號的聲音響徹整座城堡。

她惴惴不安望著遠方，「埃爾南，迭戈不會有事對吧？」

埃爾南鎮定的點點頭，主動勾住她的胳膊，「門多薩親王會平安的，現在妳得跟我去地下室避一避。」

一股比白色獵捕者還強大的恐怖氣息悄悄的在房間蔓延開來，正要踏出房間的兩人猛然頓步。

埃爾南戒備的盯著門口，只見一個模糊的黑色氣體凝聚在門口。

「安娜塔西亞，好久不見，呵呵呵！」人未到，聲音反而先到。

被護在身後的溫祈悅遭受強大的陌生引力強迫跪在地上，她目不轉睛的瞪著黑色氣團，胸腔的空氣因為令人膽寒的邪氣急速壓縮殆盡。

溫祈悅張著口，喃喃唸道：「赫爾締芬……」

她沒有見過赫爾締芬，可是這股令人打從心底發寒的恐懼就是時常折磨心臟的罪魁禍首！

「難道他是……」埃爾南不敢置信的看著眼前那團黑氣，赫爾締芬不像是復活的模樣啊？

「安娜塔西亞，我說過要在妳的心上挖一個大窟窿，讓妳永生永世承受椎心之痛！」徘徊在門口的黑氣狂笑一聲。

「小悅退後！」將溫祈悅拉到角落，埃爾南握緊雙拳，金黃色的光束襲向黑氣。

令人詫異的是，一個眨眼之間，黑氣因為吸收金色能量膨脹些許。

「啊！」

與此同時，溫祈悅痛苦的撫著胸口，感覺到自己的體內氣息紊亂，尤其是當黑氣吸收金色能量後，劇痛更加鮮明，體內彷彿有把火燃燒到頭顱。

埃爾南跑到她身畔，焦急扶起她的雙肩：「小悅，難道心又痛了？」

溫祈悅雙手抱頭，發出微顫且惶恐的聲音：「先去找……埃斯克來……」心裡很想找迭戈，但是他們之間無法靠近，只能尋求埃斯克的幫助。

眼角餘光在埃爾南的身後凝固，溫祈悅攥緊冒汗的手心，很想直接推開他，可雙手虛弱無力，她只能扯開嗓子吼道：「埃爾南，小心身後——」

可惜她遲了幾秒，當埃爾南情急之下回頭，黑氣迎面疾馳而來，竄進他的身體，汙穢混濁的氣體於體內擴散開來。

不出幾秒，黑氣離開身體的瞬間，他也隨之倒地不起。

「埃爾南、埃爾南！」溫祈悅大驚失色地呼喊，伸手拍打他的臉，沒見甦醒的跡象。

「哈哈哈！他死不了，我只是從他身體借些能量，好讓我轉為實體。」

黑氣說罷之後，真的如同話中意思，幻化為一抹高挑碩長人型身軀，五隻修長的手指慢慢的從黑氣伸出來，臉部隱約能見其輪廓。

溫祈悅見狀警惕起來，瞪大眼睛看著慢慢顯現的真實面貌——他和華元老有著相仿的容貌、灰綠色眼睛、墨綠色頭髮，不同的是眉宇間透出陰鬱之色，透出沒有勃勃生氣的跡象。

明明是第一次看見赫爾締芬，溫祈悅卻對他感到十分熟悉，與安娜塔西亞記憶中的赫爾締芬性格殘酷、冷血重疊一起。

與華相較之下，赫爾締芬的眼神隱藏著駭人的厲色，彷彿歷經了好多年代，看待世界的目光只剩下憤世嫉俗。

他一個箭步上前抓住她的手腕，指腹用力的掐著脈搏，微微翹起嘴角，「我感覺到妳很害怕……安娜塔西亞，妳和我，永遠不能分離。」

「放、放手……」

掙了掙備感不適的牽制，溫祈悅全身發顫，不是因為害怕他，而是體內有股陌生的熱流躁動著。

「放手？當然沒有辦法，既然我們不能分離，不如就在一起吧，哈哈哈！」

在一起?!溫祈悅變了臉色，開什麼玩笑，他憑什麼做這種事情！

「做夢！你到底復活後想做什麼？對吸血鬼大開殺戒？連華元老也必須殺死嗎？他是你哥哥啊！」

溫祈悅為了忍住體內躁動的奇特感覺而咬住唇瓣。血液的味道染上舌尖，她的神智飄忽了幾秒，被血液中的味道吸引住。

這個味道好奇怪！她不是吸血鬼，卻感覺到口中有著赫爾締芬的氣息。

對了，每次她受傷時，迭戈他們會聞到赫爾蒂芬的氣息，血液裡有赫爾蒂芬的氣息，這是怎麼回事？

「哥哥……哈哈哈！他身為哥哥有問過我的意見嗎？我要的是短暫的一生，而不是永恆的一生，我不想要活在黑暗下，這樣的生活有何意義?!若不是哥哥把我變成吸血鬼，我根本不需要血葬花替我實現恢復人類的願望！」

灰綠色的眼瞳澈出濃烈的殺氣，唇邊那抹不算笑的笑容，他幾近癲狂的狀態，讓她感覺到徹骨的恐懼。

溫祈悅一陣默然，萬萬沒有料到赫爾蒂芬搶奪血葬花的目的竟然只想要恢復人類身分！

「妳和我一樣吧，不喜歡有人掌控妳的命運或是生命，所有吸血鬼都認為我錯了，不顧一切的恢復人類自由之身，玷汙身為吸血鬼的道義，可又有誰知道，違背一個人內心的願望，華才應該被

你們唾棄！」

溫祈悅不明白吸血鬼想要恢復人類的感受，她不是吸血鬼，但是試問自己，是否要成為吸血鬼，她的答案很清楚：絕對不會成為吸血鬼。

在漫長的生命，永生永世生活在黑暗裡，每天面對溫熱的血液，她真的無法想像看不見陽光的日子……

不知怎的，溫祈悅能感覺到赫爾蒂芬卑微的願望，原來要擁有陽光是那麼的困難。

她迎上他怒氣騰騰的灰綠色眸子，眼底浮現一抹憐憫。

「你的確說的沒錯。每個人都是獨立的，沒有人能夠干涉別人的命運與生活。人類的生命與吸血鬼相比，只是曇花一現，但卻活得快樂、知足，他們懂得在有限的時間內度過不會後悔的生活。」

她不喜歡別人干涉自己，還記得當初在華的房間時，不甘心被別人擅自決定生死。

那麼，以前的赫爾締芬也是的。只是沒有人詢問他的意見，華擅自做了決定。

但是她很幸運。如果不是迭戈、埃斯克、埃爾南等人不遺餘力保護，恐怕她早已被華解決掉了。

「或許華元老有他的理由……才會將你變成吸血鬼。」

赫爾締芬俯下臉，眼裡浮上古怪的戾光，「哼，對一個被疾病纏身，不想活著的弟弟採取這樣的作為，解救我脫離死亡邊緣，以別人的角度來看，或許是對我好的，但對我來說，華漠視我的感受！」

溫祈悅依然畏懼赫爾締芬，盡力維持淡然的聲調道：「事情都發生了，無法回到過去改變，但你可以選擇不以殺戮作為抵抗吸血鬼，或許還有其他方法能讓華知錯。」

「殺？哈哈哈！」像是聽到多麼可笑的話語，赫爾締芬轉過她的臉，逼迫她往窗戶看去，「安娜塔西亞，妳看清楚現在是誰在殺誰？」

漆黑的夜色彷若染上鮮血，帶著可怕的殺戮氣息，她的目光微微一怔。

斑斑血跡濺在光可鑑人的窗戶上，突然「砰」的一響，一名白色獵捕者屍塊飛了過來，嚇得她往後退。

肩骨驟然一痛，身後飄來不帶一絲感情的冷酷嗓音：「是妳利用血葬花想解決我，是哥哥把我逼上絕路。如果不是你們先動手，我犯得著殺人？我犯得著反過來利用妳對血葬花定下的契約詛咒妳？在怪罪別人之前，仔細想想自己做錯什麼事情。」

「我訂下的契約？你知道我訂下什麼契約？」

溫祈悅嘗試轉身，不喜歡敵人在身後講話，這種感覺就像被矇著眼，只剩下嗅覺和聽覺能夠辨別。

赫爾締芬將她的身子轉過來面對自己，冰冷的呼吸吐在她緊張的臉上，「我根本不知道妳向血葬花許下什麼願望，不過讓我很意外的是，我居然能在妳體內慢慢醞釀自己的邪氣。」

他頓了頓，唇邊那抹諷刺的笑容時隱時現，「我猜想，妳為了不讓我復活，做出一個錯誤的決擇，靈魂深處很想跟迭戈在一起，卻許下永生永世不得相愛。是嗎？」

是這樣嗎？溫祈悅登時說不出反駁的話來，目前對於契約內容完全沒有印象。

慢著，她似乎聽到一個奇怪的關鍵字。

「什麼叫『在妳體內慢慢醞釀自己的邪氣』？」

赫爾締芬在她體內醞釀自己的邪氣？溫祈悅瞪大雙眼。

「血葬花是一個很奇特的花朵，用人類之血所製作出來的永恆之花。若是心如明鏡的人拿到，將會淨化血葬花本身的邪氣；若是給充滿憎恨之人拿到，則會加倍汙染血葬花。」赫爾蒂芬一面說著，指尖緩緩的滑過細膩的脖頸肌膚，停留在靜脈處。

目光不覺飄向窗外閃爍不停的光影，他暗自心想，時間差不多了，該解決眼前的飢餓。

「所以你汙染血葬花？」溫祈悅察覺到赫爾蒂芬看著自己的眼神十分不對勁，就像看待一個待宰的動物。

她想往後退，卻被他緊緊抓著不放。

「沒錯。我汙染血葬花後，血葬花就被妳搶走了，而且妳還對血葬花定下契約，不知道什麼因素，可能是妳的契約內容，讓我活在妳的血液裡，每當妳轉世，契約與詛咒永遠會伴在妳身邊，而我一直在妳的體內逐漸壯大自己，一面詛咒妳的心，在妳身上挖個窟窿……誰叫妳要阻撓我，我就讓妳永生永世不得與愛人在一起！」

「這麼說……」溫祈悅恍然大悟，先前的記憶如潮水湧來，許多奇怪的疑點慢慢拼湊出完整的真相。

怪不得她只要受傷，迭戈、埃爾南、埃斯克、亞特、華都會嗅到赫爾締芬的氣息，傷口割裂的剎那，鮮血湧出，同時讓赫爾締芬的邪氣離開她的體內。

外面打鬥即將趨於平靜，赫爾締芬迅速攫住她的脖子，稍稍扳轉四十五度。

在她詫異與動彈不得下，張口露出兩顆尖銳的牙齒，未帶一絲猶豫，刺入——

「啊！」

溫祈悅全身倏然僵住，感覺到脖子附近冷熱交錯，耳邊隱約聽見貪婪吮吸血液的聲音，令她備

感噁心。

面對突如其來的舉動，她渾身打著寒顫，只能瞪大著眼睛看著宛如一頭飢餓的野獸、大肆掠奪她血液的赫爾蒂芬。

「不、不要，拜託住手！」

溫祈悅還來不及推開他，揚起的手卻被他牢牢的抓住，驚恐的聲音倏地被消了聲。

她的呼吸像是被魔法封住了，驚恐的張口，想撈些空氣進來，視線裡映滿他對鮮血渴望的眼神。

「哈哈哈！」赫爾締芬微挑的唇角夾著輕蔑的笑痕，嘲笑她的無力反抗，仿若鬼魅的話語像蛛網結織在她的耳邊。

「安娜塔西亞，成為我的一份子就不會嚐到椎心之痛。」

臉上驀地一熱，一股濃烈的血腥味噴灑在鼻間。溫祈悅愣了愣，看著赫爾締芬的胸口有一個血腥大洞，刺入脖子的牙齒緩慢的退了開來。

胸腔被開個大洞的赫爾締芬沒有死去，反倒對著她邪肆一笑，舌頭舔淨唇邊的血絲。

「迭戈……」赫爾締芬慢悠悠的回過頭，似乎沒有受到傷口的影響，不痛不癢的說：「普通攻擊對我無效，何必浪費力氣？」

他一轉身，迭戈的身影剛好晃進溫祈悅的視線裡，紫金色的眼眸注滿憤怒與焦急，一身潔白乾淨的襯衫變得破爛、血跡斑斑，臉頰胳膊多處傷痕。

「小悅！」

迭戈看見溫祈悅的脖子有兩顆齒洞，一怒之下，掌心又凝聚銀色光球，卻被另一只手給按住滅熄。

迭戈大驚，連忙轉頭看向來人，「華，你做什麼？」

華遞個稍安勿躁的眼神，唇邊的笑紋與赫爾締芬如同一徹，他傲慢的挑了挑眉道：「弟弟，不快點離開那個女人就有苦頭吃。」說罷，他從襟內拿出一支水晶權杖，長約十公分，頂、中、尾部搭配著仿若夜露般剔透的五彩晶石，柄處則用黃金打造，鑲嵌著Xienpa族的家徽。

溫祈悅目光牢牢鎖在位於把柄處的家徽，那是在每個吸血鬼的別針都會看到的圖案。

「哼，走著瞧！」

赫爾締芬心生忌憚，定定看著水晶權杖半晌後，化作一團黑煙衝破窗子飛向夜幕。

赫爾締芬消失的瞬間，迭戈衝上去擁住溫祈悅，用盡全身的力氣，想把對方的身軀融入自己的體內。

溫祈悅鬆脫口氣，眼眶聚滿累積很久的淚水，用力的回抱迭戈，「對不起……是我害了你們，過了那麼久，我還是想不起契約的內容！」

「小悅，不要這麼說，這不是妳的錯。」

華上前查探埃爾南的狀況，確定沒有生命危險後，冷冷的注視擁抱的兩人。

「兩位。」華不耐煩的敲敲門，打斷兩人的恩愛時間，「安娜塔西亞，告訴我一切的經過。」

溫祈悅勾著迭戈的手，撐住自己無力的身體，深吸一口氣後，將方才發生之事娓娓道來：「華元老，我明白了，赫爾締芬的汙穢之氣如同詛咒長住在我的血液裡。」

「……」

聽完言簡意賅的重點後，華把手中的水晶權杖交給溫祈悅，「這個妳拿去，防止下一次他又吸乾妳的血。既然他要復活，妳體內的血是他復活的關鍵。」

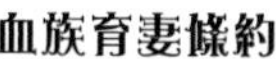

溫祈悅遲疑幾秒，不明白地問道：「他為什麼那麼害怕這個？」

接過的剎那，熟悉的感覺湧遍全身上下，雖然它的色澤十分美麗，權杖散發著冰冷氣息，但有股暖意如同洋流滲入肌膚內層，溫暖脖子被咬出兩顆洞的不適。

華嗤笑了聲，「妳不記得了？這是西恩帕家族最崇高的聖物——光明之杖，用全世界上等晶石材料製造而成，在黑暗中光芒耀眼，是白色獵捕者最害怕的東西。」

「他的光芒能讓白色獵捕者感到恐懼。」迭戈緊緊握住她的手。

溫祈悅咬著唇，憂心忡忡看著手中的光明之杖——即使有光明之杖的保護，也不能保障全部的吸血鬼能活著。

赫爾締芬來襲之後，Xienpa本部吸血鬼死傷慘重。

雖然迭戈、埃爾南、埃斯克、亞特與華這一次沒有受傷，但很難保證下一次能夠全身而退，無一絲傷亡。

若繼續愛著迭戈，赫爾締芬的邪氣就會脫離封印的契約，屆時，本部的吸血鬼皆會慘遭被白色獵捕者殺害。

溫祈悅謹慎思量後做出一個重大的抉擇，想再一次使用彼岸花想起第一世的記憶，不論造成身體多大的負擔，一定要想起來，盡快阻止赫爾締芬復活。

她無法眼睜睜的被別人保護，無法看見有吸血鬼死在面前，無法當一個懦弱的人類。

迭戈為了保護她，連命都可以不要，她怕什麼呢？

為了與他的未來，即便第三世兩人的結局是死亡或分離，她還是要去做！

溫祈悅壓著胸口坐在窗台邊緣，沉默的注視站在樓下陽台的迭戈。

在一聲嘆息後，她拿出光明之杖，煩躁的把玩著。

希望這一次埃斯克拿回來的彼岸花能讓她成功想起第一世的記憶。

「啊……」指腹一痛，她急忙含在嘴裡將冒出來的血吸吮一下，一邊觀察著裂開的金色柄處。

溫祈悅還沒明白發生什麼事情，一束五彩光芒從光明杖的通透水晶散發出來，帶著暖和的光輝包圍全身。

「埃爾……」

驚慌的呼叫聲方一出口，她的意識旋即被帶入黑暗，手中的光明之杖也隨之落地，驚動站在門外守護的埃爾南。

「小悅？」推開門，只見她不醒人事的躺在窗邊。

第九條　理和情的沉重抉擇

四周寂靜的可怕，眼前除了一片漆黑，什麼也看不見。溫祈悅感覺到身體急速往下墜，心懸到了嗓子眼。

「迭戈……」

她本能的吶喊他的名字，卻等不到迭戈的出現。

心慌意亂時，眼前兩抹仿若螢火蟲的光點左右晃動，金黃色的光芒散發出祥和溫暖的氣息，帶著無形的魔力安撫恐懼的心。

她循著光源看去，霎時愣住了。

眼前有一幅美麗光景，以幻燈片般的方式緩慢的播放著她的第一世——安娜塔西亞。

安娜塔西亞・西恩帕，為西恩帕家族第六代純血統吸血鬼，血統來源悠久，已不可考。

其哥哥——埃斯克・西恩帕是家族的首領，愛上一名人類女子，為了想與她在一起，四處奔波，尋找在戰爭中死去的人類屍體，利用未流盡的血液餵養從冥界帶來的一株永恆之花的種子。

第一株永恆之花花費一年的灌溉滋養誕生，埃斯克取名為血葬花。不幸的是，永恆之花引起吸血鬼內部的漫長鬥爭。

西元一三八三年，西班牙。

安娜塔西亞在一次出遊愛上阿拉瓦省門多薩家族的迭戈，卻因為人與非人的身分始終無法在一

起。心痛的安娜塔西亞和迭戈分離後，無意間發現血葬花的存在。

那個時候正值西恩帕家族的內鬥，血葬花被赫爾締芬‧伊萊搶奪走，甚至對西恩帕家族的吸血鬼大開殺戒。

埃斯克為了阻止赫爾締芬，身受重傷，險些喪命。安娜塔西亞為了搶回血葬花，協同華‧伊萊和亞特‧多隆追捕赫爾締芬。

然而三人同盟很快的瓦解，華為了不讓西恩帕家族的人殺死弟弟，攻擊安娜塔西亞。

僥倖躲過的她非常震怒，忍無可忍的將華和亞特打傷。

最後如埃斯克先前所說，在一番鬥爭下，安娜塔西亞成功奪回血葬花，殺死赫爾締芬，自己卻身負重傷，再加上先前對付華和亞特造成的傷勢，成為邁向死亡的鐘響。

赫爾締芬早在她趕到時已經汙染了血葬花，她察覺到已死的赫爾締芬氣息仍殘留在人世間，並未完全死亡，為了不讓他復活，她對血葬花定下永恆契約——

「我們的愛將隨著黎明來臨而燃燒成灰燼。即使明日再也見不到你，我也想再見最後一面，星空下映滿我與你的最後之舞，你的懷抱讓我心安。親愛的，我多麼希望與你相伴，多麼渴望最後一刻你在我身邊，最後我只能將這份感情烙印在我的靈魂深處。」

她的目光落在手心裡的藍寶石鑽戒，眼角泛著一抹淚光，雙唇隱隱顫抖。

她注視著半晌後，放在唇邊輕吻了下，緩緩道出離別前的最後告白：「在呼吸終止之前，我只想說，迭戈——我愛你。」

安娜塔西亞沉痛的跪在血葬花面前，十指交握，誠心誠意的禱告：「永恆之花，我——安娜塔西亞‧西恩帕付出對等的代價，來換取未來的平安。請拯救我所愛的人們，我將所有的記憶封印

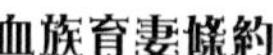

在光明之杖、我將我的愛情做為養分，付出永恆生命的靈魂與您簽訂契約，永久封印赫爾締芬•伊萊。」

血葬花發出一道強烈的血紅之光，呈網狀向四周擴散開來，淹沒安娜塔西亞的身影，紅色光團中隱約浮現一條裂縫，發出來自地獄深處的尖叫與哀號。

溫祈悅踉蹌的往後退。太可怕了，難道是那些戰亂死亡的人類鮮血裡隱藏的怨恨、不甘、死亡恐懼嗎？

赤紅的裂縫左右閃動搖晃，緩緩朝中心點聚攏，然後吞噬掉纖瘦的女性身影，四周變得極為安靜。

「安娜塔西亞！」

當紅色光芒消失後，一個身材高大的男子將她緊緊擁入懷中。

溫祈悅定眼一看，男子擁有一張蒼白的面容，玫瑰色雙眸此刻流露出悲痛欲絕的眸光。

原來是埃斯克。溫祈悅的心不由些失落，安娜塔西亞於臨死前最想要見到的是迭戈啊……

「哥……對不起……」

安娜塔西亞原本豐腴完美的身體在光芒後變得乾瘦，像被來自地獄的亡者吸乾精氣與血肉。一抹血絲留在唇邊，若有若無的笑容彷彿隨時都會隨風而逝。

溫祈悅不禁潸然淚下。安娜塔西亞在埃斯克的懷抱裡沉沉睡著了，永遠不會醒來，成為所有人心中的痛楚。

「安娜、安娜！」

迭戈終究遲來一步。

他抵達的時候，安娜塔西亞已經是一具冰冷的屍體。從埃斯克懷裡接過。他抱著她哭訴：「妳怎麼可以擅自做這樣的決定，妳怎麼可以……扔下我……」

淚水如潰堤的水壩，模糊了視線，溫祈悅捂著臉痛哭失聲。即使當個旁觀者看盡第一世的一切，還是控制不住眼淚，心痛到無法自拔。

為什麼契約真相竟然讓人難以接受……

「迭戈、迭戈！」溫祈悅奔上前想抱住迭戈，手卻穿過他的身體。

她好想抱著他、好想解釋、好想安慰、好想不顧一切的大聲說：我也愛你。

黎明前的愛不會燃燒成灰燼，她想要與他在晚宴外的花園在共舞一曲、她想要讓心裡的願望成真，直到最後一刻，生命在陽光下化作飄渺碎煙，她也想再重來一次！

經過了兩世的悲歡離合，她才發現當初的契約造成現在這種狀況。

天長地久，對於人類與吸血鬼來說，是一場遙不可及的夢。

她不知道自己流了多少淚，內心的渴望也就越強烈，「拜託，別讓我再一次失去這份感情，讓我抱住他……我有話想說！」

痛徹心扉的感覺，就像是被刀深深絞過，她始終認為追求短暫的幸福就好，可以為了他奮不顧身，但是她不知道自己有什麼能耐解除這份契約。

直到想起第一世記憶，她才明白要解除這份契約真的很難。

四周的黑暗急速的朝光點蔓延開來，覆蓋掉第一世的畫面。腦袋像是被針頭鑽過，瞬間麻木她的神智。

好痛……好痛啊！

溫祈悅抱頭屈膝，痛得無法言語的時候，一雙手驀地輕柔按摩額角，舒服的感覺緩下腦袋的思維。

耳邊隱隱約約聽見不同的呼喊聲，將她墜入迷惘的意識拉回來。

「小悅！」

「小悅。」

「小悅……」

「藍花楹。」

溫祈悅緩緩的睜開眼，只覺得眼前一抹橘黃色的亮光刺痛雙眼。

她下意識的閉上眼，發出艱澀的字眼，「好亮……」一開口，她被自己沙啞的聲音嚇一跳。

「埃爾南，把檯燈拿走。」

聽見迭戈溫和的嗓音，溫祈悅再度睜開眼，映入眼簾的是粉色的床帷。

視線移動，四名吸血鬼美男正站在床邊，每位的眼神流露出濃濃的擔憂。

數來數去少了一個。溫祈悅凝神望向坐在沙發、靜靜望著窗外抽菸的華，似乎對她醒來之事不太關心，獨自在想什麼的樣子。

她嘗試挪動僵硬的身子，總覺得似乎睡了很久，全身肌肉都在喊痠痛。

現在雖然醒來了，意識還是有些恍惚，連迭戈遞杯水來，看著淺淺的波紋，她感覺頭暈目眩。

「藍花楹小姐，怎麼一副失魂樣，需不需要一吻清醒？」亞特靠在床柱，斜睨的眼神彷若勾引人似的。

當他話一說完，坐在沙發上的華不耐煩的敲了敲桌子，一記冷光射了過來。

亞特尷尬的轉開視線，一面說著事不關己的話，「呵呵，藍花楹小姐，剛剛只是我開玩笑的啦。」

溫祈悅不耐煩的瞟了一眼，腦子裡全然在想方才看見的第一世夢境。

安娜塔西亞的死因多少和華與亞特的背叛有關，要不是他們兩個臨陣反咬安娜塔西亞一口，導致對付赫爾締芬餘力不足，也不會身受重傷。

想到這裡，溫祈悅厭惡的目光掃向亞特，「難道你對安娜塔西亞一點愧疚都沒有嗎？聽從華的命令，所做所為都是正確的嗎？」

充滿砲火性的質問丟出口，迭戈和埃爾南皺眉看著溫祈悅，不明白她在說什麼。

亞特唇邊的笑意僵住，露出不明所以的困惑眼神，「藍花楹，妳在說什麼？」

華則是收回落在窗外的目光，訝異的看著她，好像是猜到她突然說這話的用意。

將杯子交給迭戈，溫祈悅冷笑道：「華和赫爾締芬是兄弟，既然哥哥對弟弟十分愛護與保護，當然不想看到他被西恩帕家族的吸血鬼殺掉，但又考慮到無數吸血鬼的安危，不得不去追捕他。矛盾的心情讓他下手攻擊安夥伴——安娜塔西亞，導致她受傷後，對付赫爾締芬餘力不足，身受重傷！」

話音落下，亞特的表情明顯僵住，模樣煞是心虛。

反倒華慢悠悠的捻熄手中的煙，開口道：「妳都想起來了？」

「華，你傷害過安娜塔西亞?!」埃斯克並不知道這件事情，一聽聞此事，玫瑰色眼眸燃起憤怒，「第一世你傷害她，第三世你叫她自殺？華・伊萊，別以為現在我不敢動你！」

華很明白，埃斯克不會沒經過大腦思考就擅自行動。他倒是很希望埃斯克有本事動自己，這樣

他矛盾的心情會不會變得更好一點，至少補償曾經背叛過安娜塔西亞。

然而，身為元老的傲氣並不讓華拉下臉。他偏過臉，仰起下巴道：「我在本部的聲望很高，有功勞，也有苦勞。赫爾締芬誤入歧途之前，元老這個地位已經無法動搖，想把我逐出，恐怕不是件容易的事情。你如果有辦法動搖元老的位置，我很希望你可以。」

雖然本部以Xienpa為主，但追究最古老王權的來源是伊萊家族。經過幾世紀的演變，西恩帕家族慢慢在眾多的吸血鬼中累積聲望，發展出一支媲美伊萊家族的強大勢力。

聽著對方話裡的挑釁，埃斯克嗤笑了聲，掌心凝聚藍色光團。

亞特大驚失色，連忙上前賠不是，「王，你們是所有吸血鬼的支柱，在赫爾締芬還未擊倒前，千萬不要引起內部混亂。」

「王……」

「哥哥。」

埃爾南和溫祈悅不約而同的出聲制止。

溫祈悅握住埃斯克的手，心知哥哥很護著自己，但現階段亞特說的沒錯。她從來沒想過要引發吸血鬼族群的內鬥，現在內鬥對他們絕對沒有好處。

「埃斯克，亞特說的沒錯。」迭戈消退藍色光團。

溫祈悅掙扎的想坐正身子，迭戈立刻取來枕頭放在後背。

她思忖了一會，開口道：「華元老，或許安娜塔西亞沒恨過你，但我會恨你。即使安娜塔西亞沒有身受重傷，她還是會向血葬花定下契約。」

迭戈與埃斯克沉默的聆聽，亞特本想說話，卻接收到迭戈的示意，囁嚅幾聲後閉嘴。

接下來，溫祈悅毫不猶豫的指責華的過錯：「自從你將赫爾締芬轉變為吸血鬼，你對弟弟的愛，是錯誤的選擇。要說錯誤，一切從你開始，你漠視他的感受，掌控他的命運，自以為對他好。難道你沒有察覺赫爾締芬非常渴望人類的生活？就算疾病纏身，他還是想精采的過完一生，是你把他逼上絕路，如果沒有這個念頭，他犯得著偷竊血葬花、殺死族人？」

道出一連串可能會引起糾紛的言論，溫祈悅心裡沒感覺到害怕，反而認為自己與迭戈的苦難都是因為華所引起。

她不會怨天尤人為什麼自己的命運那麼多舛，只想試著告訴每位吸血鬼，不論是哪種生物都屬於個體，沒有誰可以決定誰的命運。

或許無法改變華的思想，但她想試著溝通。如果華的思想再錯下去，赫爾締芬會永遠憎恨華。

溫祈悅的口氣越來越不善，「人類和吸血鬼最大的不同就是——人類知道生命短暫，會盡情的享受生活、揮霍、滿足自己的內在需求，將生命的每一刻燃燒旺盛耀眼，不會留下遺憾，死了不必記得痛苦，因為沒有能讓他們後悔的事情，轉世過後又是全新的生命、新的人生。」

在場的所有吸血鬼聽見這番言論，每個人的雙眸彷彿染了一層薄霧，深邃的眸光本能的望向窗外，似乎想起當人類的生活。

可惜黑暗的時光占據生活已久，緬懷美好、快樂、陽光的感觸在千年光陰下變得模糊不清。

華元老的臉色越發陰鬱，沉得像頭頂籠罩一片烏雲。

溫祈悅無懼的瞪著他，繼續侃侃而道：「赫爾締芬想要的就是這樣的生活。你不該違背任何一個人內心的渴望與需求。以上是他曾跟我說過的話，我簡單的整理後說給你聽，覺得逆耳，就別把這番話放在心上。如果繼續找我算帳，就只會讓人覺得高高在上的元老非常卑鄙又小心眼。」

說完最後三個字，華的臉色依舊陰沉。他沉默的拿出另一根菸，點燃後放在嘴裡，心裡的焦躁逼得他一根煙接著一根抽著。

複雜的目光再次飄向漆黑的夜幕，他的側臉留下一堆未解的謎，所有人不懂他此刻的想法和心情。

一口白色的煙霧映在潔白明鏡的窗戶上，華叼著菸，轉頭凝視著溫祈悅，從容不迫的說：「我不敢自己獨活在這世上、無法面對死亡、無法面對親人的離去，所以逼迫弟弟與我相伴……安娜塔西亞，妳說的沒錯，我做了一個錯誤的選擇，我以為這樣做是愛他，沒想到是在害他。不知不覺，我的心也跟著墜入黑暗，毫無人性，成為吸血鬼太久，心也跟著麻痺了……」

溫祈悅淡淡的說道：「攻擊安娜塔西亞、要求我自殺，一切的出發點都是為了本部的吸血鬼好。這點讓身為人類的我確實很不爽，但是……最後你卻把光明之杖交給我，也是擔心我的安危吧？華元老，如果你後悔了，下次赫爾締芬出現請務必跟他說清楚你的想法，和你的後悔，說服赫爾蒂芬收手，不要再互相鬥爭。」

不論華是否真的因為擔憂她的安危，將光明之杖交給自己，她很感激光明之杖帶來的效果，第一世的記憶才能想起來。

「呵……」以往傲慢的華忽然露出了幾不可見的微笑，忽隱忽現的出現在唇邊。

幾百年未見華露出微笑的亞特十分訝異，高深莫測的盯著溫祈悅半晌，心中有幾分釋然與讚賞。方才被挑起一觸即發的緊張馬上被她幾句話給抹消。

這女人果然有本事，無論轉世幾次，她總有辦法化解所有人累積已久的心結和爭吵，安娜塔西亞在世時，是所有族人的和事佬。

這就是安娜塔西亞，總是為了家族的吸血鬼好，以致於在第一世時，她並沒有因為華的反叛而憤怒，而為了所有吸血鬼著想，和血葬花定下契約，犧牲自己的性命。

「現在——」眼見氣氛緩和，埃斯克將話題導了回來：「小悅，契約內容究竟是什麼？」

「對啊，這樣就有機會打倒赫爾締芬親王。」埃爾南垂頭喪氣地道：「這幾天整理城堡周圍，看見夥伴的屍體，心好難受。」

前幾天才經歷一場大戰，城堡內的吸血鬼心情都不好，沒有人能料想得到下一秒是否會生離死別。

溫祈悅抿住顫唇，悄悄握住光明之杖。迭戈發現她的害怕，主動握住了她的手，唇角綻出一抹和煦安心的笑容。

將光明之杖攥在手裡握了一會，溫祈悅鼓起勇氣開口說道：「契約內容是，永恆之花，我——安娜塔西亞‧西恩帕付出對等的代價，來換取未來的平安。請拯救我所愛的人們，我將所有的記憶封印在光明之杖、我將我的愛情做為養分，付出永恆生命的靈魂與您簽訂契約，永久封印赫爾締芬‧伊萊。」

話音落下瞬間，五位吸血鬼都震驚、錯愕盯著她，沒有一個人猜想得到契約內容居然是這樣！最快反應過來的埃斯克嚴肅地詢問：「小悅，這是真的嗎?!」

接著埃爾南也帶著困惑問道：「小悅，這和赫爾締芬的詛咒有什麼關連？」

迭戈和亞特則不發一語，神情複雜難辨。

溫祈悅反手握住迭戈的手，悄悄的瞥了他一眼，紫金色的瞳眸中透出異常的嚴肅。契約的真相太殘酷！她很害怕他的心情受到影響。

溫祈悅在眾人不解的眼神下，繼續說道：「我的愛情與永恆生命獻給血葬花，導致他的詛咒和契約一起隨著我轉世而誕生、死亡，反反覆覆，歷經輪迴。」

一面說著，目光本能的飄向迭戈，發現他正目不轉睛的看著自己，溫祈悅心頭猛然一悸，聲調不由頓了頓，漸漸變得僵硬。

「赫爾蒂芬汙染了血葬花……血葬花又與我的靈魂定下永恆契約，我生、他生；我死、他死，不管我轉世幾次，他都會隱藏在我的體內逐漸壯大。」

「呵呵，藍花楹，別開玩笑了。」亞特的笑容十分僵硬，明顯是硬擠出來的。

這是華第二次認同溫祈悅的話，「不是開玩笑，這下子完蛋了。」

他非常明白「我生、他生；我死、他死」這句話代表的意義。

「不可能，我不相信！」埃爾南騰的起身，激動問道：「難道沒有任何方法能解決赫爾綈芬的威脅嗎？」

「埃爾南，別激動，坐下來聽我說。華說的沒錯，這下子完蛋了。」埃斯克將埃爾南拉回地上坐好，冰冷面容上的冷靜慢慢瓦解。

聽見埃斯克也說出如此沮喪的話語，迭戈的臉色變得更加蒼白，喪失鬥志的垂著雙肩、雙眼似乎放空般的盯著地面。

迭戈的模樣落入埃斯克眼裡。他反覆地收攏手指，閃爍的目光壓抑著若有似無的內心掙扎。

埃斯克用力地闔上眼，然後睜開，玫瑰色眼裡燃起堅韌不催的光芒，似乎做了一個重大的抉擇。

「有方法能夠解決現在的困境。」埃斯克的話語帶來強大的震撼力，瞬間把迭戈從地獄拉回天堂。

所有目光皆落在他身上，尤其迭戈險些激動地衝上前揪住埃斯克追問一番。

比出稍安勿躁手勢的埃斯克在深呼吸後，一字一字清晰道出：「消滅赫爾締芬唯一的方法，就是毀壞契約。」

第十條　我永遠為了妳存在

毀壞契約？

在場的吸血鬼們倏然眼睛一亮，便露出疑惑不解的神情。

迭戈嚴肅的問道：「要如何毀壞契約？定下契約後，血葬花就已經消失了。」

他記得當初趕到安娜塔西亞身邊時已不見血葬花，光憑毀壞契約四個字，著實讓人匪夷所思。

「血葬花正如你所言，消失了，但是有一種火焰，卻能燒光世界上任何東西，包括靈魂深處的惡念。」埃斯克慢慢走向沙發，煞是疲憊的向後倒去，嘆道：「契約已和小悅合為一體，只有冥界的煉獄之火能燒光一切，並且淨化靈魂。」

「莫非……已死為終結一切？」亞特嘴角僵了僵，曾經聽說過煉獄之火，心裡已經有個底。

溫祈悅緊蹙眉心，低語：「我會死嗎？會忘了迭戈？」

聽起來不樂觀。淨化靈魂是洗滌一切的罪孽，讓刻印在靈魂深處的愛恨貪嗔癡全部移除，代表記憶也會跟著一併抹除。

她不想要這樣，好不容易走到這一步，三世記憶都想起來了，卻再一次因為該死的契約逼得抹去一切。

埃斯克沉重地點頭。這一點頭等於宣佈結束溫祈悅的生命、迭戈的希望、其他人的祈求。

「只有這個方法嗎？」

煉獄之火對迭戈來說並不陌生。他曾聽其他吸血鬼議論過，洗滌之後的靈魂，是一個全新的靈

魂，一切重頭來過，包括他們第一世的記憶，都將被煉獄之火燃燒成灰燼。

回應迭戈疑問的埃斯克，依舊保持沉默的狀態。

埃爾南低垂著臉，沮喪的模樣表露無遺，亞特則是難得沒有露出笑容，不發一語的坐在他身邊。

華捻熄了第二根菸，起身對著眾人說：「我去巡察城堡外圍的結界。」朝門外走了幾步，他冷冷的喊了一聲：「亞特。」

亞特朝溫祈悅瞥了最後一眼後，跟著華離開。

過一會兒，其餘的人跟著散場，現階段每個人都需要靜下心，消化許多資訊。

經過一日的思考後，溫祈悅發現自己別無選擇，不知不覺，與吸血鬼們點點滴滴生活已深刻融入內心。

她可以選擇與赫爾締芬繼續糾纏下去，第三世自殺，然後在第四世、五、六……持續的鬥下去，進而造成更多吸血鬼的死亡，或許未來某一世，迭戈會被赫爾締芬害死。她想要迭戈安全的活下去，不想看到任何一個吸血鬼死去！

只要靈魂深處還保留著對迭戈的愛、契約、詛咒，她和他永遠沒有機會在一起。

無垠的夜空懸掛一輪明月，在銀色的光輝鋪灑下，手心上的紙條字詞更顯得清楚。她還未想清楚該如何跟迭戈說明白自己的決定，他就先開口邀約了。

午夜十二點在花園，不見不散。

迭戈

夜風徐徐的吹拂過髮梢，溫祈悅望著飛飛揚揚的薔薇與藍花楹交織而成的美麗花雨，像極了燦爛的星光或是綻放在最後一天生命的煙花。

聽見城堡流洩出優雅的曲調，溫祈悅轉眸望去，娟娟如流水平滑的曲調流進心中，在內心產生波濤洶湧的激盪。

她認得這首曲子——是安娜塔西亞第一次潛入門多薩家族晚宴播放的曲子，也是他們首次月下共舞的曲子。

當她認真的聆聽百年未聞的音樂時，身後傳來窸窸窣窣的聲響。

一轉身，還未搞清楚來人，就被對方契合在懷中，緊緊圈住，雙唇準確無誤的被堵住，緩慢的用舌攪動、吸吮著，藍花楹香味瀰漫整個口腔。

激烈的擁吻後，溫祈悅喘呼著氣，在對方鬆開來後，羞赧的低吼，「迭戈，你怎麼可以突然親我？」

她掄起拳頭，朝那張低笑的俊容擊去。

若不是聞到他身上慣有的藍花楹香味，她會以為是城堡的風流吸血鬼。

在無人的花園裡，迭戈的舉動向來大膽，不曉得是不是偷偷跟亞特學。握住她的手後，親熱的用唇磨蹭她的耳垂。

「小悅，別動手動嘴的。」他輕輕一笑。

溫祈悅搧了搧發燙的臉頰，嬌嗔的說：「叫、叫我來還敢突襲我，而且是你動手動嘴，我什麼都沒動好嘛！放手啦！」

「不放，若是放了，就不知道要等多久才有機會再見到妳。」迭戈撩起她的頭髮，將臉湊近，聞著迷人的香氣，「其實妳不說，我明白自己很快會面臨失去的痛苦。」

「迭戈，你怎麼知道我……」溫祈悅十分訝異，心亂麻一塊，五味雜陳。

他怎麼知道她想前往煉獄之火，難道他沒猜想過、期盼過她會拒絕嗎？

迭戈捧著她的臉，低頭道：「當然知道，我和妳是三世情人，以妳的性格，不會讓其他吸血鬼陷入危險之中，妳為了朋友好、為了我好、為了我們的未來，再苦再累，妳都會去做，否則……當初的安娜塔西亞就不會拋下我，逕自向血葬花定下契約。我們那時候只差論及婚嫁呢。」

聽見這番坦白的言論，溫祈悅的心頓時變得澄淨清明。

迭戈真的很了解安娜塔西亞、了解到她非常不希望他保持理智，為什麼不抓著她，懇求她不要去煉獄之火呢?!

溫祈悅抿起唇，斂下傷感的神色，嘟囔道：「結果到頭來，我這一世只是你的女朋友，依然沒有機會成為你的新娘，我……」

「傻瓜，」迭戈飛快伸出手指，堵在她唇邊，狡猾的眨了眨眼道：「妳早就我的新娘，亞莎．連恩答應過要成為我的妻子，否則我怎會初擁她，一旦答應成為吸血鬼新娘就沒有反悔的餘地，現在我依然能重新詢問妳一次，願意每一世成為我的新娘嗎？以人類的身分。」

溫祈悅愣了愣，不太明白迭戈的意思。「你的新娘，不就是成為血族的一份子？」

迭戈豁達地笑了笑，「我想通了，未來幾世都不想初擁妳，但我依然想要妳做我的新娘，永遠

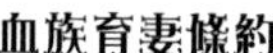

保持人類就好，就這樣幸福、單純的活著。」

溫祈悅眼眶泛淚。她雙手摀住嘴巴，竭力遏止哽咽的聲音。

迭戈說出這番話一定下了很大的決心，每一世目睹她的死亡、輪迴，反反覆覆地尋找下去。明明有機會選擇永恆的生命，他卻想讓她保持人類的身分生活……

迭戈的指腹滑過溫祈悅濕潤的眼角，「我還是人類時，成為吸血鬼時間一久，早就忘記陽光是什麼感覺。如果不是魔法護體，忍耐灼燒的疼痛，早就消失了吧……」

在學校時，迭戈絕對不坐在窗邊的位置，總是坐在後排中間，窗簾習慣性的拉上。儘管有魔法保護著肌膚，大多時間他喜歡待在室內。

「痛苦的感受我不想要妳永遠承受。」迭戈記得很清楚，溫祈悅站在陽光下快樂的模樣。

溫祈悅深呼吸，撲進他的懷裡，緊緊的擁住冰涼的身軀。

「迭戈，你感受不到的由我來傳達給你。這是我的溫度，也是陽光的溫度，從今往後，記住這個溫暖。我啊……」

溫祈悅彷彿等了三世，終於有機會親口給予承諾。她注視著他的雙眼，真摯的大聲說道：「不管幾世，我都願意成為迭戈・烏爾塔多・德・門多薩公爵的新娘！」

「得到妳的承諾，我終於放心了呢……」憂傷忽然在眉宇間止不住的漾開，雖然想保持輕鬆的語調。但他無法做到。

迭戈深深凝視著她，眼中閃過壓抑不住的痛楚。

「我真的不想放妳走……小悅，這對我來說是多大的痛楚……血族的新娘，我多麼希望有一天會成真。」

心頭泛起酸澀，溫祈悅抱住迭戈，用唇堵住他說的話語，輕輕在耳畔低語，「會成真的！既然你明白我的決定，那就要遵守兩個條件——千萬不要輕易放開我，讓我好好感受彼此指尖的溫度，你答應過我的，不會讓我獨自一人死去，即使是第四世、第五世……你都要馬上找到我，不論我的靈魂是不是重頭開始，沒有過往的記憶，你都要想辦法，讓我再一次愛上你，好嗎？」

「小悅，我答應妳，這是我必須做的。」尾音落下，低喃的嘆息隱隱和晚風融為一起。曾經的誓言、歡笑、爭吵、嬉鬧，在他一聲幾不可聞的嘆息後，全都化作美好的夢境，一聲不響的蒸發掉了。

「現在……」迭戈扶住她的腰，朝她遞出手，「最後一次，我想懷念第一世的月下之舞，讓我在沒有妳的世界努力尋找下去。」

溫祈悅看著迭戈的手掌心，遲遲不敢把手遞給他。她彆扭的說：「可是我不是安娜塔西亞，會踩到你的腳……」

安娜塔西亞擅長交際，尤其是各種舞蹈樣樣精通，只可惜現在的溫祈悅是個舞癡，除了吃東西，沒有別的長處。

「放心，就算被妳踩幾次我也甘願，這樣才能更深刻的記住妳，即便過了很久，絕對不會忘記。」

迭戈伸出右手掌托住她的後腦，稍稍使力拉近彼此的距離，單手摟住她的腰，另一手則五指緊扣住她的。

突然的靠近令她的臉漲紅，溫祈悅反握住迭戈的手指，與他的視線交接，心跳撲通撲通的跳動。還沒等她拒絕，迭戈已經輕盈的帶領起舞。

有那麼一瞬間，她沒辦法若無其事的與他面對面跳舞，跳得越久，她怕自己會控制不住自己心裡的聲音，越想留在他身邊。好不容易下定決定，她不想因為緬懷月下之舞，產生意外的變動。

然而，心裡的理智終究壓過渴望。就讓最後一次的獨處化作永恆的回憶。如果能讓迭戈高興，她願意把回憶帶給他。

溫祈悅決定開心把這場舞跳完，讓迭戈有美好的回憶能思念，努力翻著腦子裡熟悉的舞蹈，想盡快找回身體的律動，卻不斷的踩到他的腳，每轉一圈，每前後一次，都聽見迭戈刻意忍耐的聲音，而她不斷的羞愧道歉。

「呃……」

「對不起……」

「小、小悅……」

「非常對不起……」

「妳啊……」他揚起無奈的笑容，語出驚人的說：「把雙腳踩在我的腳上。」

他的話令她驚呼聲：「你瘋了?!」

「早就瘋了，為妳而瘋，讓我瘋狂最後一次……」

遲遲未見溫祈悅將雙腳踩在自己的腳上，迭戈勾唇一笑，兩手扶住腰，將她整個人提起後放下，讓雙腳剛好踩穩在腳背。

話音剛落，迭戈摟住她的腰，緩緩的轉圈，唇邊始終噙著溫暖的笑容，包圍住她不安的心。

迭戈將唇湊向她耳邊低語，「我們不說再見，是因為我們一定會在未來的某一天、某一時刻、某一地點再次見面。不論容貌如何改變，都能認出彼此。」

「在漫長的等待生涯，只希望未來的每一世，妳不再痛苦，開心的活著就是給我最大的幸福和禮物。」紫金色眼瞳彷彿凝聚了所有的月光精華，折射出迷離夢幻的美感。

「我，迭戈・烏爾塔多・德・門多薩永遠為了妳而存在。」迭戈伸手撫過她的面容，摸著頭髮，手勁輕柔而緩慢。

眼角溢出溫熱的液體，滑落嘴角，溫祈悅微微一愣，心痛的感覺滲進心裡，終於按耐不住含淚抱住迭戈。

淚光盪漾在眼睛裡，不管如何抹掉，眼前依舊模糊一片，只有感覺到他冰冷的手扶在腰，細膩且溫柔的指腹撫過她的額頭、眼角、鼻子、臉頰、唇瓣。

同時間，城堡裡流洩而出的悠揚音樂隨之落幕，沉靜的飄散在空氣裡。

不遠處，站在城堡注視著兩人的埃斯克則露出苦澀的笑容。

月下之舞後，溫祈悅與迭戈未再見面。她靜靜躺在床上，手裡握著光明之杖，看著站在床邊的埃斯克。

「冥界只有死人才進得去。現在我要施法，將妳送去煉獄之火。」

溫祈悅點點頭，沒有說話。

埃斯克沉默的盯著她認真的神情，又問了一次：「真的不需要再考慮一次？」

溫祈悅堅定的搖搖頭道：「我和他約定好，他尊重我的決定，哥，你能幫我照顧他嗎？直到他找到我……」

埃斯克點了點頭，冰冷的面容隱隱浮現一絲淡笑。

在笑容的背後，隱藏了太多壓力，溫祈悅都知道自從白色獵捕者來襲後，埃斯克承受無數吸血鬼的抗議，要求盡快解決赫爾締芬，而赫爾締芬又牽涉到她的性命。

為了她這個妹妹，他做得很多了，可惜她什麼也無法給予。

「哥，對不起。這一世太少花時間陪伴你了。希望來世我們可以繼續做兄妹。」

溫祈悅牽住他的手，愧疚的道歉。原來哥哥的手心是那麼冰冷，可是內心絲毫未感覺到冷，而是一片溫暖。

「說什麼傻話呢。哥哥為了妳，都是值得的。只要妳幸福……」埃斯克俯下身，在她額頭落下蜻蜓點水般一吻後，起身朝外喊道：「迭戈，進來吧。」

溫祈悅偏過臉，看著迭戈慢慢的走進來，站在床前，一語不發地注視著自己。

「我要施法了。」埃斯克伸出修長的手指，壓在她的眉心，然後一手放在胸口。

「該死的安娜塔西亞！」

如鬼魅的男性嗓音打斷埃斯克的咒語。窗口邊浮現一團混濁的黑色氣體，擠壓後膨脹，幻化為一具熟悉的身影。

「赫爾締芬，你來做什麼？」

埃斯克抬手一揮，將水藍色光團拋出窗外。同時間，城堡傳來一陣騷動，不少吸血鬼嗅到赫爾締芬的氣息。

「我來做什麼？這種白痴問題難道不知道嗎?!」赫爾締芬輕蔑一笑，灰綠色的眼睛瞪著躺在床上的溫祈悅。

「赫爾締芬，住手吧，和華元老好好相談。」迭戈雙臂環住溫祈悅，擺出防衛的姿態。

赫爾締芬望向被阻擋在結界外的白色獵捕者，沒想到再次來到這裡，城堡的結界更加的堅固。再轉眸，圍繞在溫祈悅身前的共有兩名吸血鬼，要吸收溫祈悅的血液恐怕得花費一些精力。

想至此，他咧開嘴角，露出尖銳的獠牙，眼底迸射出充滿獸性的殺戮慾望。

對他來說，一個人被惹毛，凝聚的能量越為強大，更何況他曾是伊萊家族魔法能力最強的吸血鬼，足以和華或血族之王不相上下。

一股詭異的能量在空氣裡振動，床帷、櫃子上的檯燈無端端的漂浮起來。

溫祈悅驚呆了，緊張地握住迭戈的手。

「小心，迭戈，等會兒先帶小悅離開。」埃斯克瞇起眼，芥蒂赫爾締芬的實力，「這裡我來應付。」

赫爾締芬的掌心裡凝聚著耀眼的藏青色能量核，幾秒後拋向四周。

與此同時，能量核被闖進的華發射出來的光團撞擊在一塊，轟隆一聲，臥室內的寢具、牆壁、櫃子皆被炸得粉碎。

一抹身影從門口跳躍進來，在塵埃落地前，華攔住赫爾締芬的肩膀，「弟弟，快住手！」

「滾開！」赫爾締芬激烈的扭動，怒眼瞪著身後的華，「否則休怪我無情！」

華牢牢抓著赫爾蒂芬的右手，手腕處幻化出一個銀色的鎖鍊，鎖住彼此的兩手。

「弟弟，我絕對不會讓你再錯下去，哥哥會陪著你一起贖罪、陪你一起死，因為讓你變成這樣的人，是我！」

赫爾締芬瞪著銀色手銬，竟然是專門綑綁血族叛徒的銀索。

他眼底泛著憤恨與不甘，「胡扯！現在說你的錯能挽回什麼嗎？憑什麼當聖人，自以為能解救所有人、自以為這是對我好、自以為能滿足我所有需求。我討厭你的自以為是！別傻了，這根本是你袒護自己的尊嚴，賣弄虛榮心！」

說完，他扔出一個能量核，華雖急忙閃避，能量核卻劃過腰側，紫紅色的鮮血瞬間噴灑出來。

「呃……」一陣劇痛席捲全身，華扶著牆壁站穩身子。

「你根本就不懂我！」灰綠色的眼中劃過一抹狠戾殺氣，赫爾締芬冷冷的掐住華的脖子，指關節骨喀喀作響，用盡全力發洩從百年前累積到今日的憤怒，「今天，我非得把你殺死！」

眼見華的脖子被掐得慘白，埃斯克正欲出手相救，華不經意的朝他瞥了一眼。

短暫的一個眼神，埃斯克立刻瞭然，側頭向迭戈點了點頭。

華緩緩的握住赫爾締芬的手，不禁想起自己多久沒有握過弟弟的手了。

他一字一字清晰的說道：「對……我從來就沒有認真的思考過，沒有發現你的願望，是我把你逼上絕路、是我自己害怕伊萊家族只剩下我和你、是我害怕獨自一個人面對永久的生命。沒錯，我無法忍受一個人的孤單……」

他頓了頓，把溫祈悅曾經說過的話和內心的懊悔一股腦兒說出來，「弟弟，我們再也沒有機會當人類了。如果有下輩子，我真的很想彌補你，盡情的享受生活、揮霍、滿足慾望，將生命的每一刻燃燒至旺盛耀眼，不會留下遺憾，死了不必記得痛苦，因為沒有能後悔的事情……對不起。」

在他說出口後，赫爾締芬眼底掀起一絲微瀾，他從來沒有見過哥哥哀痛的一面。

「為什麼要在這時候才懺悔……為什麼?!」

趁著華擾亂赫爾締芬的注意力，埃斯克的手悄悄的伸到溫祈悅的眉心，低聲唸咒。

然而，赫爾締芬驚覺一瞥，忿忿的一揮手，丟了一個能量核過來。

「可惡！你們這群人通通去死！」

迭戈飛衝上前，替正在施展魔法的埃斯克大吼：「快點送小悅去冥界！」

頭暈的溫祈悅眼前晃過華抱住誓死掙扎的赫爾締芬、華帶著決心一死的神色、迭戈重傷跪在地上、紫紅色血液濺在她的臉上。

她的意識隨著埃斯克低沉的嗓音，漸漸墜入伸手不見五指的黑暗。

恍惚間，感覺到身體被擁入一具冰冷的懷抱，閉上眼的最後一刻，她似乎見到迭戈眉宇間泛著淡淡的憂愁之色。

她不禁在心底深處喊出最後一聲呼喚──迭戈！

河水奔騰的聲音迴盪在耳邊，溫祈悅從黑暗中驚醒，發現四周仍是一片昏暗，只有不遠處的微弱亮光。

順著河水望去，只見一艘小船悠閒的浮動在河水上，船夫拿著划槳滑動，接收對岸亡靈遞給的錢幣。

她馬上知道來到三途河了，不知道城堡現在情況如何，大家有沒有事情！

不少亡靈因為沒有錢支付，被打入湍急的河水，哀號與哭泣的聲音撼動她的心靈。

一轉眼，四周開滿色澤豔麗的曼珠莎華，她直接被埃斯克送達到彼岸。

空間驀地劃過埃斯克飄忽的咒語聲，她的雙腿一軟，無力的倒在開滿曼珠莎華的花圃中，再次墜入無盡的黑暗。

她感覺到自己的意識仍存在著，只是渾身乏力，任由咒語聲將自己帶入未知的世界。

等到再次醒來，空氣中瀰漫著淡淡的腥味，溫祈悅目光發直的看著巨大的山岩，山體巨大高聳，巨峰的頂端部分浮動著幾朵通體紅霞色的薄霧，可惜沒有任何綠色植物，光禿禿的一片山岩。

山岩的中下方有一個大洞窟，窟外的石板椅上坐著一身漆黑的男人，烏黑秀長的頭髮幾乎掩蓋住雙眼，渾身透出詭異陰森的氣息。

為了抓緊時間，溫祈悅硬著頭皮上去攀談：「對不起，請問煉獄之火在這裡嗎？」

「是的，妳想淨化什麼？」他的聲音十分低啞，一邊說話，不經意露出乾癟的雙唇。

聽見男人的答話，溫祈悅左右張望，原來這裡就是煉獄之火，但是怎麼沒看見所謂的火焰？

「靈魂。」一面說著，她悄悄打量眼前一身漆黑的男人。

突然間，一雙修長優美的手指扣住了她，指腹滑過手腕，漫不經心的說：「哦，體內有股很強大的邪氣正在滋長，靈魂雜亂、骯髒、汙穢，看來不只一個枷鎖，還有……血葬花的契約。」

乾癟的唇瓣微微開啟，男人歪頭道：「女孩，妳不怕痛嗎？被烈火焚燒可是非常的痛哦！」

溫祈悅不經意間窺見男人髮下的一雙鮮紅色的銳眸。深呼吸，她直言說道：「我不怕痛，為了我所愛的人，這點痛不算什麼。請告訴我，該如何燒毀我體內的契約？」

「既然妳這麼心急，準備好了？」

男人不惱也不怒，拽著她來到洞窟正前方，彎曲五指放在唇邊一吹，令人吃驚的景象乍現在兩人面前。

翻騰的火焰猶如白色火龍飛竄出來，險些撲騰在溫祈悅的臉上，滾滾的舌火彷彿有靈性四處跳動，不斷的湧動炙熱的氣息，炸碎洞窟內的岩塊。

「女孩，來瞧瞧妳的勇氣。」男人說著，將毫無防備的溫祈悅推入越來越烈的火焰中，「煉獄

之火，將為妳洗刷三世的罪孽——」

身體墜入翻騰的火焰，被火龍一口吞噬，在模糊的光景中，她看見城堡周圍破敗的景象、躺在地上仿若沉睡的華、一身狼狽的埃斯克、擁著自己身軀哭泣的迭戈。

女孩雙眼闔閉，含笑的嘴角流下細細的血絲，長長的睫毛沾上些許的淚水，幸福的躺在他的臂彎中。

迭戈貪婪的望著懷裡的女孩，想把她的面容牢牢記住，雙臂緊緊圈住她，不斷的重複一句話：

「小悅，不怕，我會永遠陪伴在妳身邊。」

「吾愛——不論轉世幾次，我一定會找到妳，務必記住，妳的新郎永遠是迭戈・烏爾塔多・德・門多薩。」

溫祈悅的腦子裡驀地憶起他鮮明的告白：

「我愛的那個人是會把我當成依賴、喜歡吃很多美食，二十四小時都是大胃王，貪吃時會露出撒嬌的一面、會關心我冰冷的手和健康狀況。這份愛不會隨著時間的移轉而有所改變，又怎會心痛呢？」

「對我來說，只要看著妳的成長、擁抱妳的呼吸、感受妳的溫度、凝視妳的微笑，有妳的世界就足夠了。」

「小悅，不管未來如何，我會永遠陪伴在妳身邊，妳不會像第一世，孤單的死去……沒有任何人能阻擋我愛妳的決心，沒有人能阻撓我尋找妳的決心。」

「我，迭戈・烏爾塔多・德・門多薩永遠為了妳而存在。」

在漫漫的三世情劫中，時光流轉，一切就仿若蜻蜓點水的水花，濺起落下，再一次因為契約的

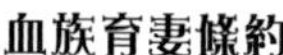

結束而宣告終結。

白晝與夜始終不曾改變，過去與未來都共存在這個天空下，不論時光如何流轉，結束等同於新的開始。

在靈魂淨化前，她唯一的念頭就是——迭戈，我愛你。

尾聲　約定再會，輪迴後的重逢

西元二〇三五，匈牙利，初春。

徐徐的晚風吹過寂靜的薔薇與藍花楹花圃，從落地窗前飄了進來，淡淡的清香繚繞在寬敞的大廳。

躺在床上的女孩穿著一襲淺紫色的軟袍，閉著雙眼，纖長的睫毛在眼瞼處投下一片陰影，淺淺的呼吸，彷彿只要伸手一碰便會消散在空氣中。

迭戈屏住氣息的等待，十八年的相思在這一刻終於能停止了。

隨著她顫動的睫毛睜開，思念化作萬片的碎屑塵埃，永遠消散。

「你們……是誰？」沙啞的聲音隱透出幾分剛睡醒的慵懶。

眼前站著五名風格迥異的美男，面色蒼白，一副病懨懨的模樣卻不失精神。

艾妮紗看著身穿白襯衫的男子，對方溫柔的紫金色眼眸彷彿灑滿了星子，清飄的銀色長髮束在腦後，輕笑之際，美得攝人心魄。

這人……好眼熟。

想起昏迷前的印象，她的臉瞬間漲紅，忿忿地掄起拳頭朝他的臉擊去，「原來就是你在我後面嚇我，害我跌到水池裡！」

幸好情急之下有看見他的容貌，否則這會兒一定想不起來害她跌下水池的兇手！

迭戈不閃躲，而是握住她的拳頭，飛速俯身，輕笑道：「看來這一跌，精神倒是很好。」

隨著距離拉近，淡淡的藍花楹香味使她身軀緊繃起來。

艾妮紗緊張地垂下眼，這才發現身上的衣服被替換掉了。

她氣憤填膺地怒吼，「可惡，你們到底把我怎了？我原本的衣服呢？你們這幾個變態……」

該不會是他們這幾個病懨懨的男人替她換衣服吧？

一旁看戲的埃爾南促狹的眨了眨眼，「冤枉啊，我們才不是變態，只讓凱莉幫妳換衣服而已，著涼就不好了。」

亞特伸手牽起她的手背，落下紳士的見面之吻，「不管這一世叫什麼名字，妳還是迭戈最初愛上的女孩。藍花楹，妳知道嗎？其實我有點喜歡妳了，可惜……」聳了聳肩，稍稍覷了迭戈一眼，他說：「妳名花有主了。」

愛護妹妹的埃斯克睨了亞特一眼，警告的意味濃厚：「放下艾妮紗的手，我已經準備好第三千號的薔薇了。」

亞特尷尬的笑了笑，視線若有若無的飄向不遠處。

艾妮紗順著目光望去，敞開的落地窗前站著另一名墨綠色長髮的男子，灰綠色的眼睛。華的雙唇似乎蠕動著，卻不知道說什麼，臉龐柔和的線條給人一種好相處的感受。

艾妮紗正想開口，對方卻一個轉身，頭也不回的離開。

悠揚的音樂此時在曖昧的空氣蕩漾開來。迭戈俯身低語，略微嘶啞的聲音帶著迷人的誘惑。

「艾妮紗，一起跳月下的第一支舞。」不等她反應，迭戈環住她的腰際，引領著她笨拙的步調。

「哇啊，對不起！」

「鬆開啦，我真的不會跳。」

她不斷的道歉。迭戈卻什麼痛都沒喊，唇邊始終噙著溫暖的笑容，紫金色眼睛清亮濯然，彷彿清澈的湖面映滿閃爍的燈影。

艾妮紗的目光再也無法離開他。

為什麼她會覺得一切那麼熟悉、熟悉到想哭，很想永遠沉醉，想沉溺在他溫柔動聽的嗓音裡，永遠永遠……

他的笑容、舞姿、舉手投足如同春暖融化了冬雪，慢慢的漾進心底深處。

音樂結束之前，迭戈一個迴旋，將她騰空抱起來，溫柔似水的聲音在音樂裡融化開來。

「吾愛——妳終於回到我身邊了，我的血族的新娘。」

番外　獻給第二世的妳，我的血族新娘

傳說曼珠沙華能喚起死者生前的記憶，盛開在黃泉之路上，色澤猩紅如火，帶領亡靈通往冥界大門，又稱彼岸花。

當詠訟此詩時，即將踏上不歸路，通往冥界大門，就會回到前世的記憶。

「我的血族新娘……務必記住，妳的新郎永遠是……」

從我有記憶開始，有位似乎是幾百年前的男人曾跟我說過這句話，可是一直聽不聽楚。

住在育幼院生活時，我還是個懵懂無知的小女孩，在壁櫥裡翻出一本老舊泛黃的書籍，上面寫滿密密麻麻的西班牙文。

「祈悅，妳在看什麼？」

「院長，這上面寫什麼？」我好奇地指著書籍末頁一串西班牙文。這段句子十分簡略，頁尾還有親筆簽名的字樣。

「唉呀！」院長驚呼了一聲，「上次大掃除後都忘記放在哪了，原來在這裡。」從我手中拿來翻閱，緩慢唸出末頁的字句。

「聆聽那悅耳的聲音；烙印在深沉恐懼；妖異、驚悚；宛若盛開的彼岸花；飛舞在黃泉之路；忘卻生前的一切；你將踏上三途川……」

我看著院長能流暢將西班牙話翻譯成中文感到很驚訝，「院長，妳為什麼看得懂？」

「我大學讀的是西班牙語言系哦！這本書是我在大學時舉辦的跳蚤市場買下來的。」

我接過她手中的書，緊緊抱在懷中。

不知道為什麼，第一眼見到這本書時，內心有種強烈的感覺告訴自己——很喜歡這本書。

院長笑了笑，抽回我手上的書籍，放回櫃子，「祈悅，若對這本書好奇，晚上睡覺時我再唸書給妳聽，現在先下樓吃飯，妳最愛的電視節目開始播囉！」

長大後，我依舊像小時候喜歡抱著那本古籍翻閱，著魔似的愛上末頁的咒語，似曾相似的感觸在心底發酵，可是每當想更深入閱讀這本書，胸口便會一陣劇痛。

同時間，自小時候困擾我的惡夢越來越清晰，惡夢中有名銀髮男子，用著溫柔似水的嗓音說：「我的血族新娘……務必記住，妳的新郎永遠是……」

惡夢無數次，沒有一次能成功聽到對方的名字，可是心中的恐懼越來越深。

直到未來的某一天，我的生活有了巨大的轉變，困擾我的惡夢有了完整的面貌。

那是我的第二世——亞莎・連恩。

十六世紀的匈牙利境內的某處小鎮正熱鬧地慶祝節慶，熙熙攘攘，將熱鬧發揮到極致。

小鎮的居民似乎對前幾日發生的失蹤案毫不擔憂，依舊在傍晚時間踏出家門跟著遊行走，慶典如火荼毒地進行著。

「妳說今夜那個魔女會再度出現嗎？」

「希望不要，我不想成為下一位受害者。」

「聽說她專門找十三、十四歲的女孩，然後將他們的血全部吸乾！」

「走、走開啦！不要嚇我！」

「瞧妳，害怕成這樣，哈哈哈！」

幾位妙齡少女和青年男生隨著遊行逐步前進，但談話內容沒有焦點在慶典，而是放在前幾日在幾公里外的小莊園發生的失蹤案件上。

每逢月圓之夜時，人人聞之色變的「夜之魔女莉莉絲」就會抓走好幾位貌美女子，從此之後就再也找不到失蹤女性的遺骸，匈牙利境內多數的村莊都出現類似失蹤案件。

傳說中的夜之魔女莉莉絲是亞當的第一位妻子，也被認為是墮落天使——薩麥爾的妻子。

起源於希伯來人的信仰，是位法力高強的巫女，教導該隱利用鮮血產生力量為己用，也有一說她出沒在荒野，專門吃食幼童的女妖。

夜之魔女的傳聞被許多小村鎮當作茶餘飯後的話題。

我走在村民的旁邊安靜聆聽，傳聞中的莉莉絲相貌驚為天人，擁有一雙紫金色眼眸、白皙透亮的臉蛋、妖嬈的身段、一頭如白雪般銀色的美麗飄逸長髮，終年穿著一件黑色的斗蓬。

「你對夜之魔女有興趣？」其中一位少女開口說道。

「才沒有，我還不想被吸乾！」

儘管男生都愛看漂亮的女人，但會危急小命的事情絕對不會有人想做，為了看夜之魔女一眼反而丟了性命怎麼辦！

「要小心的是我們吧，你怕什麼，你又不是女生！」

說話的少女擔憂地望了望夜空，皎潔的下玄月高高掛在天幕上，讓在場的女性暗暗鬆了口氣。

見話題越來越無趣，我離開遊行的隊伍隨意閒晃，只有在慶典時候，傍晚才如此熱鬧。

許多人聚集在大看板前面熱烈地討論著，我好奇心驅使湊過去瞧瞧，斗大的字體寫著：**納達斯迪堡徵數名侍女，待遇優渥，若有興趣者，自行前往納達斯迪堡**。

「巴托里伯爵夫人又再徵侍女了。」

「上個月夫人才張貼公告的呢，既然如此，我也要讓我女兒進堡內工作，聽說去那裡工作還可以學習社交禮儀，將來有天有機會擠進上流上會呢！」

「你從哪裡得知消息的？」

「我叔叔的姪女在堡內工作啊，待遇超好的。」被問話者的男人驕傲地說。

「有這種事哦，那我得馬上回家告知女兒！」

其他人聽聞紛紛跑回家告知自己的女兒快去搶工作。畢竟在鄉下，工作沒有那麼容易尋找。

一時間，大看板前少掉許多人。

「亞莎姐姐。」一道嬌弱的女聲喚了喚我。

我看著自己的親妹妹，疑惑地問：「怎麼了？」

「父親有事找亞莎姐姐。」

平日父親不太跟我說話，怎麼突然有事想跟我說了？

即使我心裡覺得疑惑，但還是牽起妹妹的手，擠入人潮中，打道回家。

「亞莎，父親今日看見納達斯迪堡在徵侍女，妳也知道家中麵包不夠了，父親賺來的錢也難以供給給我們全家吃，不如妳去應徵看看，或許應徵上了，找到好對象，有機會進入上流上會。」

我沉默了一會兒，應了父親的要求，家裡的經濟確實很困苦，多一人工作可以讓家裡過得更好。

「妹妹還這麼小，不用隨我去吧？」

相較之下，我比較擔心妹妹，母親早逝，家中的大小事物都我在打理，萬一我離開村子去城堡工作，屆時會住在城堡裡的侍女房，家中沒有人能打理，不知道妹妹能不能獨立。

「妳妹妹我會照顧，妳放心出去多掙點錢回來。」

「我明白了。」

隔天一早，父親在我離開前，不斷地囑咐我要保重身體、拿到工錢馬上寄回來家裡。

妹妹捨不得我離開村子，我卻笑著說或許不會應徵上，但如果真的應徵上，可能幾年是不會回來的。

當時的我不知道，這一去將是永遠的離別。

巴托里伯爵夫人的城堡位於布達佩斯的郊外。城堡佇立在廣闊的區域上，青翠盎然的樹木圍抱著城堡，高聳入雲的塔頂和米色城牆。

馬車骨碌碌地往前駛進，車內還有許多與我同行的女孩，跟我一樣是要去應徵納達斯迪堡的侍女，也是父母想將他們的孩子送進上流社會才來到這裡工作。

在村子集合完畢後，有專人將應徵的女孩送去城堡，我沒想到面試是在村子進行，對方稍微簡單打量我們一眼，果斷錄取，看來城堡很缺侍女。

抵達巴托里夫人的城堡，立即有人領我們到一個小房間。

這裡的管家不斷地耳提面命侍女的禮儀是必備的，回答時不可以直視伯爵夫人，早上幾點必須起床等條規……

整座城堡只有一個管家，侍女有將近五十個左右，分別派在城堡的不同地方，有人負責花園、有人負責塔頂、有人負責打掃等等，再加上城堡有許多個空房間，一天下來都還打掃不完。

唯獨地下室沒有半個侍女下去過，那裡在城堡是個禁地，因此所有的侍女都絕口不提。

「米茜，妳說管家大人是不是非常兇啊？」

說話的女生是安・利亞，她來自另一座村莊，朋友不多，很喜歡黏著米茜。

「年紀大了，說話難免。」米茜幽默一笑，回眸問我：「亞莎，妳說呢？」

米茜是一位高挑的侍女，集合時我就非常注意她，在眾多侍女中她最突出，一雙彷彿能溢出水的藍眼眸和健康麥色的臉蛋，引來許多侍女們的注視，可惜有一道猙獰的疤痕從她的額際蔓延至嘴角，破壞美貌。

我訕訕一笑，不知道該回答什麼。米茜似乎發覺到我常偷看她，讓我現在非常羞赧。

侍女的住處在城堡外的屋內，每個人都是鋪地入睡。夜色悄悄來臨，就寢的時間大家紛紛熄火進入睡夢中。

今晚我睡得極不安穩，不斷地翻來覆去，最後我還是爬起床，坐在窗邊望著月亮思鄉，來到城堡工作已經十五天。

今夜的月亮特別地圓，秋風颯颯，忽然想起今日的日期正好是月亮是最圓的時刻，光線溫柔地灑在城牆上，添起朦朧迷幻感，光影搖曳，人影斑駁。

驀地，我睜大眼睛從窗外望去，依稀可見的單薄背影正朝城堡大門走去，是同事。

我低頭思忖的一會兒，決定偷偷跟在後面。

拿起大衣套上，我躡手躡腳地走出去。深夜時刻，所有人都就寢休息，侍女房外本就沒有侍衛守著。

晚風乍起，我小跑步地跟上那道人影，卻沒發現我一踏出小屋就有人跟在我身後了。

吞了吞口水，我提起勇氣跟上，晚上的古堡陰森森的，幽暗的長廊寂靜無聲，油燈忽明忽暗的閃爍光芒，掛在牆壁上的油畫主人彷彿是活著的生物，陰森森注視每個角落。

我畏怯的停下腳步，不停地思索女孩為什麼要往禁地走去，還有她像是夢遊般，不禁聯想到是越往前走，我驚覺這條路是通往城堡地下室。

忽然間，幽暗的長廊迴響著由遠而近的啪噠啪噠足音。不是被什麼妖術給控制住了。

我頓時慌亂，萬一被人發現這麼晚，我還待在城堡遊蕩，飯碗肯定丟了，這樣家裡會失去經濟來源！

「唔！」一隻手掌突然摀住我的嘴巴，用力的往柱子後面拉。

我驚慌地扭動掙扎，緊緊抓著對方的異常冰冷的胳膊，不像是正常人的體溫，我不自覺地顫抖起來。

「噓。別讓伯爵夫人發現。」她在我的耳旁低聲地說道，一邊拿起斗篷蓋住。

我緊緊貼著她稍微壯了點的身軀，鼻間聞到一股淡淡的藍花楹香味。

得知對方沒有危險性，甚至有意保護我不被遠方走來的足音主人發現，我放鬆地躲在柱子後面，不再掙扎。

足音主人慢慢地朝地下室走去，我從斗篷縫隙窺見影子的身形，視線往外探去，只見是抹體態纖瘦優美的女性背影，城堡微弱的燭火使我沒瞧清伯爵夫人的樣貌。

來到城堡工作十幾天，我還沒見過伯爵夫人是否如傳聞中的貌美如花。

直到確定伯爵夫人進入地下室，城堡安靜無聲，抱著我的女孩抓住我的手往外拉。

我們一前一後走回小屋，我終於忍耐不住問道：「米茜，妳為什麼會在那裡？」

米茜轉過頭來凝視著我，夜色昏暗我根本看不清她的表情。

「睡不著，看見妳往外走我就跟上去了。」

月亮突破雲層探出頭來，月色如水地灑在草皮上，照亮了米茜的臉蛋。

我瞪大眼睛，倒抽一口氣，「天哪，妳、妳的眼睛怎變成紫色?!不對，是紫金色。」我又看了更仔細。

「而、而且……」

讓我驚訝的不只是眼睛，還有她的膚色變得幾近慘白，渾身散發出的冰冷的氣息隨風竄進我的身體。

女孩的面貌讓我想起之前在慶典大會上聽到的傳聞，不自覺地雙腳開始打顫。

夜之魔女擁有一雙紫金色眼眸、白皙透亮的臉蛋、妖嬈的身段、一頭銀色如白雪般美麗的飄逸長髮。

「我的真實面貌不能跟別人說哦。」米茜瞇起美眸，頗具興味地凝睇著我，雙唇猶如勃根地紅酒的迷人香醇，「亞莎，沒事就別靠近城堡的地下室。」

「夜、夜之魔女？」

我滿腦子都是夜之魔女的事情，米茜警告的話一時間聽不懂。胸口突然一痛，我雙腿一軟暈了過去。

意識消失前，我感覺到自己落入一具冰冷的懷抱裡。

米茜低喃的嗓音徘徊在耳邊，清亮的女性聲音顯得低沉瘖啞，「唉，若是踏入地下室，怕會是

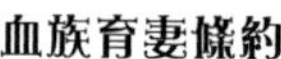

妳一生的惡夢，千萬別踏上三途川……」

翌日，我精神恍惚地吃完早膳便去城堡工作。

一邊擦拭牆壁，聽見其他侍女討論昨晚有位侍女離奇失蹤，我這才想起昨晚發生的事情，失蹤的那位侍女是昨晚悄悄溜到城堡，進入地下室後再也沒出來。

究竟發生了什麼事情？地下室有什麼不為人知的祕密嗎？

我揣著滿腹疑問直到中午，管家叫我去餐廳服侍伯爵夫人上菜。

城堡餐廳富麗堂皇，金黃色的水晶吊燈散發耀眼的光澤，壁爐的火光劈滋跳動，長長的木桌上擺放著剔透的銀製餐具。

我被帶到右側方靜立，身旁的米茜是最初見面的面貌，金髮藍眸和健康的麥芽膚色，彷彿昨晚看莉莉絲是場荒誕無稽的夢境。

應該是我昨晚太累眼睛花了。

「妳的手好漂亮啊！」

我愣了愣。伯爵夫人正觸摸著我的手背，像是正在觀賞一件奇珍異品。

伯爵夫人輕聲細語地說：「抬起頭來。」

我遵從伯爵夫人的話抬起頭，沒想到伯爵夫人比想像中的年輕貌美，體態優雅、玲瓏有緻，和莉莉絲的模樣有得比。

頓了頓思緒，我詫異自己為何把伯爵夫人和莉莉絲相比。

「很標緻的女孩，肌膚綿如雪，還有那雙黑中帶玫瑰粉的眼睛，靈動柔和，讓我想起粉色的玫瑰花，多麼地棒啊！」

伯爵夫人大方地稱讚，細長的眼睛透露出蠱惑的神態凝睇著我，「美麗的女孩，叫什麼名字？」

「回夫人，我是亞莎。」

觸摸我的那雙手細緻且光滑，盤起的髮絲散發幽幽光澤，高貴典雅的衣著，一顰一笑間，我竟對伯爵夫人產生一絲恐懼，是因為伯爵夫人的膚色太過完美無瑕嗎？

伯爵夫人將我的小手輕輕地握住，似乎愛不釋手，細長的眼睛忽然閃過冷光，隨即她鬆開我的手，開口說道：「退下吧。」

「遵命。」我鬆口氣，趕緊退下。

伺候伯爵夫人的晚餐結束後，直到晚上睡前的時間是侍女的自由時間。

我一人提著油燈來到城堡後面的花園，靜靜的仰望懸掛在夜空的明月，享受夜晚的寧靜。

「亞莎。」

一道女聲打破我的冥思，慢慢地走了過來，在我身邊席地而躺。

「妳也來看星星？」

我看了米茜一眼，她的外貌依然是金髮藍眼的模樣，我不禁鬆口氣，果然昨夜是場夢。

「當然，滿月搭配星星很漂亮。」

米茜爽朗地笑了，柔和的光線落在她的臉龐，看似不真實。

我淡笑不語，米茜側臉看向我，發覺我的眉間露出我的寂寞與憂愁。

「怎麼了？」

「我……」我頓了頓，徐徐開口：「我想父親、想妹妹、想家了。」

「有時候好討厭這種生活，不明白為什麼要活得那麼辛苦，偶爾會想，死了是不是沒有煩惱，

死後的世界是怎樣的呢。」

「妳是這麼覺得嗎？死了真的沒有任何煩惱？」

米茜的雙眸忽地深沉，如愛琴海般清澈的眼眸流轉著微微紅光。

聽出她聲線的改變，我扭頭望向她，四目相接，頓時怔住。米茜臉上那道顯眼的疤痕神奇地消失了！

「妳臉上的疤痕去哪了？」

「我用東西蓋住了，妳覺得如何？」米茜驕傲地揚了揚臉龐，少了那道猙獰的疤，米茜更加漂亮。

「好看。」我打從心底讚嘆。

隨後，我們彼此不再聊天，靜靜地望著遙遠的天際，我也開始思考剛才講的那句話究竟好不好。若真的死了，這段人生等於白活，儘管日子過得很辛苦，仍必須撐過不是嗎？家中還有個妹妹等我照顧。

重新整理好心情，我朝天空大聲吶喊，把心裡的決心一口氣喊出來，「我，亞莎・連恩，要過得一天比一天更好！」

我轉過臉，正巧對上用著溫柔的目光望著我的米茜，那抹溫柔眸光彷彿世上我是她最珍惜且疼惜人。

那瞬間，心底深處泛起一抹熟悉的感覺，好像我認識她很久。

心臟猛地一痛，我壓著胸口，轉移注意力。

「米茜有幾個兄弟姐妹？家人都還好嗎？」

共事一段期間，我從來沒看過米茜的家人寄信到城堡。

她沉默了好一會兒，才回答我：「五個，不過都死了。」

我歉疚地說：「對不起。不該提起的。」

肚子不適時機的咕碌碌叫了，我想起午膳偷拿的麵包和乳酪，本來就打算來這邊賞月吃零食。

「妳要吃嗎？我這邊藏了好幾個，喏。」

米茜拒絕我的邀請，笑笑盯著我的肚子，「不了，妳吃就好，才剛吃完晚膳妳就餓了？」

「我的食量一向很大，不知道為什麼，老覺得吃不飽，城堡的侍女一天只配給三餐，這些都是我偷拿的！」我將手指放在唇邊比個噓聲，然後害臊地笑了笑。

「真的不用嗎？我看妳平日幾乎沒什麼吃，這樣不會餓嗎？還是哪裡不舒服？這樣我很擔心妳。」

我靠近她，手背在她額前摸了下，沁入心脾的冷讓我想起昨夜的莉莉絲。

米茜似乎被我的行為嚇到，隨即揮開我的手，聲線冷淡地道：「我沒事。」

「對不起。」我起身彎腰向她道歉，不明白她怎麼突然這樣。

「咳，該抱歉的人是我，我還有事先走了。」

米茜迅速消失在我眼前，我把手放在自己的臉頰旁，證明不是錯覺。

她的體溫真的很低，冰冷像屍體。

一個多月後，侍女們的數量逐漸減少，連平日喜歡黏著米茜的安・利亞也被遣送離開。

我深感疑惑卻不知道怎麼回事，管家說他們辦事不利，惹伯爵夫人不高興已被遣送回家，但在

我印象中安・利亞工作認真盡責！

納達斯迪堡近日再度貼出公告，招收農村家的女兒進城堡工作。

經過幾天的招收，侍女群中發現一名熟悉的女孩。

「妹妹，妳、妳怎麼會在這?!」我大吃一驚地說道。

「亞莎姐姐，父親病了，家中的錢不夠看病，所以我就來了。」話未說完，女孩的眼淚就撲簌簌地流下。

我輕撫地她的頭髮，靜靜地安慰她。

米茜站在一旁看我們姐妹相擁哭泣。

「咳。亞莎和米茜你們兩個跟我過來！」管家打斷我們，扳起嚴肅的面孔領著我與米茜去伯爵夫人的寢室。

「今日開始你們兩個就負責服侍夫人，即日起你們的房間換去走道盡頭的左手邊那間，凡事給我注意點，明白嗎？」

「是，遵命。」微微欠身，目送管家離開。

我的心底湧起一絲絲的不安，一想到伯爵夫人的眼神忍不住打了個寒顫，一旁的米茜神情認真不知道在思索什麼事情。

「亞莎，今日是幾號？」

我看著她今天格外地嚴肅，絲毫沒有笑容，我正要開口說話，她卻說：「不了，我想起來了。」

到了夜晚，伯爵夫人一見到我高興得合不攏嘴，直摸著我的手說道：「一個月不見似乎又更漂亮了呢！」

「夫人誇大了。」我不太喜歡伯爵夫人像摸一尊瓷器品般的撫摸，這種感覺很毛骨悚然。我微微鞠躬，不著痕跡地退後了幾步，「夫人越來越美麗了，天生麗質，哪是我們這些侍女們能比得上。」

「唉呀，嘴巴可真甜呢，呵呵。」伯爵夫人聽見讚賞，高興笑了。

「夫人，早點歇息，亞莎先退下了。」我吹熄火光，必恭必敬地退了出去。

踏出房間，我鬆了口氣，伺候伯爵夫人真的很累！

夫人老愛摸我的手，每次看我的眼神就像野獸想撲殺小兔子，讓我神經繃得很緊。

「米茜、亞莎，喝完花茶後就可以歇息，這是伺候夫人才有的獎勵，花茶是別國購進，非常昂貴，一般人喝不起，千萬不准浪費，知道了嗎？」管家端著兩杯白瓷小酒杯放置在木几上。

「是，遵命。」我和米茜異口同聲的說。

我疑惑地看了管家一眼，對方還站在門口不走。我開口詢問，「大人，還有什麼事嗎？」

「天涼，那要趁熱喝。」

當下，我沒有想很多，馬上捧起茶杯一口喝掉。只見管家緊緊盯著米茜，我才會意過來，拿起另外一杯遞給米茜。

「米茜，快喝了。」

從剛才就面無表情的米茜從我手中接過，一口氣喝完。

管家見兩人都喝完花茶就離開了。我納悶地問道：「米茜，妳身體不舒服嗎？我看妳今天也沒什麼吃，要不要我去跟管家說說看？」

米茜的臉色沉得有點嚇人，最近老是常看見她深鎖眉宇，我怎麼問她都說沒事，臉色一天比一

天蒼白。

「不用擔心我，反觀妳自己小心點才是，我記得安地斯城堡也有徵侍女，何不叫妳妹妹去那邊應徵？若待遇不錯，妳也可以過去那邊工作。」

走到我面前，她伸出那雙優美修長的手指輕輕地劃過我的脖子。

一陣舒麻流遍四肢，我愕然地說不出話來，羞紅了雙頰。

她的唇角稍稍揚起，在我面前笑得媚惑，「有髒東西，呵呵。」

「不理妳了，我先睡！」我撇過臉，逕自走到床邊躺下，用棉被把臉都蓋住。

我嘟噥了句：「虧我這麼擔心妳，居然戲弄我。」

米茜走來掀起棉被，我詫異地大喝一聲：「米茜，妳做什麼？」

「妳還沒回答我，不去安地斯城堡工作嗎？」米茜非要知道這個問題的答案，似乎很在意我要不要換工作。

我搖了搖頭，「暫時沒有這個考慮，而且我在這邊工作一段時間，習慣這裡的工作模式。」

「那好吧。」米茜嘆口氣，在我床邊坐了下來，輕輕地握住我的手。

我摸不著頭緒地看著她。

隨即我瞠目結舌地看她把一串銀色瑪瑙手環套在我的手腕上，「這什麼？哪來的？妳怎麼會有？感覺好昂貴！」

我劈哩啪啦地問了一堆。

米茜啼笑皆非地望著我，眼底濃濃的憂心和不知名的情愫讓我不自然起來。

她放開我的手，趁機捉弄我，「知道貴就好，漂亮吧！它可是有靈性的喔，務必要戴好，千萬

不可弄丟。」

特意加重了語氣，我就算再笨也知道這手鍊很重要，「這麼重要妳捨得送我？」

「在我的觀念裡，越是重要的東西，我一定會送給最重要的人。」米茜話聲頓了頓，彎起手指彈了我額頭一下，「因為有人比我更需要它，何不利用在對的地方呢？」

從小到大沒有人送過我禮物，第一次收到的禮物是那麼昂貴的物品，我頓時感動得流下眼淚，忍不住撲進她的懷裡嚎啕大哭。

因為第一次有人送我禮物。

因為第一次送禮物的人是我的好朋友。

因為第一次，所以要好好珍惜。

「我都說過了，別隨便碰我。」米茜伸手推了推，力道卻是輕柔，絲毫沒有想推開我的意思。

「謝謝。」儘管她的身體很涼，我仍緊緊的抱住她。

當夜，我睡得極不安穩，感覺自己的身體漂浮在空中，沉悶混濁的空氣瀰漫在周遭，沉重的眼皮很難睜開。

直到沁涼的冷水打上臉頰，忍不住打了個哆嗦，我緩緩睜開眼。眼前的景象成為我一輩子難忘的惡夢——

一個詭異的刑具立在角落，內部是人體模型的空洞，內部及外側全部都是尖銳的的釘子。

隔壁房間擺著一個大型的浴桶，薄紗圍繞在浴桶的周圍，附近擺放了許多大大小小的木桶子，而浴桶的上方掛著一個籠子，籠子的欄杆上有數根釘子朝內，釘子插著一位已死去的少女肉體，鮮

血滴答滴答地落入浴桶中。

幽暗詭譎的寂靜長廊、空氣中飄著濃烈的血腥味、地上堆疊著慘絕人寰的屍體，這些慘景刺激我的感官。

我瑟縮在角落發抖，這間牢房除了我還有其他同年齡少女。

我細細一看，是被遣送回家的女孩們，其中竟然有安・利亞！

他們捲軀著身子將頭埋於雙膝中啜泣，悲傷的情緒彷彿有感染力，我也忍不住眼眶泛紅，光是看到房間的景象，能猜到接下來會發生什麼事情。

為什麼這些失蹤的少女會在這間房間內？這裡是哪裡？昏迷期間發生什麼事情？滿腹的疑問沒有人能回答我。

「亞莎。」

忽然我聽見有人喚我，抬起頭我看向來人，居然是熟悉的同事。

「米茜！」我爬了起來，衝到她面前。

她站在鐵門外，渾身散發冰冷的氣息，身穿黑色斗篷，雙瞳呈紫金色。

傳聞中魔女莉莉絲的樣貌再次出現在我面前，與那夜看見的一模一樣，唯一不同的是，她換上一襲男裝，象徵男性的喉結顯露出來。

我吞了吞口水，驚愕地說：「你是莉莉絲？男性?!」

此話一出，監牢內的其他少女聞之色變，有人甚至害怕到暈了過去。

米茜事不關己地瞥了一眼其他少女，溫和地對我說：「跟我走。」

我還沒從米茜是男性的身分回過神來，沒想到相處已久的同事卻是男性！

我不敢置信地往後退，嘴裡喃喃地說：「不，你是莉莉絲，我無法跟你走！」

米茜眼神一冷，微微擰起眉頭，「是嗎？」

走道忽然響起腳步聲，最後停在牢房前。

米茜眼神一冷，身影眨眼間消失在地牢，而我趕緊躲到角落，將頭埋於雙膝中，透過雙臂偷看來人。

「喀嚓」一聲，管家開鎖走進牢房，隨手抓起一位少女走出去。

「啊啊啊啊！不要，放開我！」少女哭喪著，不斷地扭動掙扎，可是管家依然牢牢地抓住她不放。

聽到熟悉的聲音，我怯怯地抬頭仔細一看，居然是安・利亞！

安・利亞尖銳的哭聲令我不禁顫抖起來，內心的恐懼無限倍增，眼睜睜看著管家將安・利亞帶入詭異的刑具前，雙手雙腳用繩子綁住，推入刑具裡面，把門關上，安・利亞的尖叫聲瞬間消失，只剩下微弱的呻吟。

管家再次打開刑具，我的視野內染上大片的深紅色鮮血——

安・利亞的身軀被釘子戳出無數個洞，鮮血汩汩地流出，身子劇烈抽搐卻沒有馬上死掉。

這是最慘不忍睹的死亡，遊走在死亡邊緣，劇烈的疼痛使她發出虛弱幾近飄渺的呻吟聲，慢慢地被流動的時間折磨死去。

「越是驚恐的鮮血越是美味。賦予我永恆的青春——」

坐在浴桶的伯爵夫人的聲音像夢魘般地響起，迴盪在我的腦海中。

親眼目睹俐落的殺人手法，刺鼻的血腥味提醒我這不是夢，而是地獄！

喉嚨彷彿被人硬生生地掐住，我最後抵抗不住恐懼，意識逐漸模糊，沉入黑暗的世界。

「亞莎，醒醒。」不知道昏迷多久，感覺到有人輕輕拍打我的臉。

我緩緩地睜開眼睛，對上的紫金色眼眸。我渾身一震，急忙推開米茜，虛弱地問道：「米茜，妳怎麼又來了？」

「現在妳都知道伯爵夫人的行為，為什麼不跟我走？」米茜咄咄逼人的質問。

「可是、可是……你是魔女莉莉絲！」

若我跟米茜逃離這裡，我能活下去嗎？傳聞中莉莉絲會殺死少女，但是不逃離這裡，會悽慘地死在這間地牢！

「妳知道這是什麼嗎?!」米茜起身，攫住我的下巴迫使我看對面牢房的慘劇，「這是鐵處女，妳想要像安・利亞那樣死亡嗎？」

我扳開他的手，撇開臉不敢去看安慘死的模樣，逕自縮回角落。

米茜蹲下來，捧起我的臉直視他，用只有我們兩個才聽得到的聲音說：「老實說，我早就知道伯爵夫人的行為，她之所以這麼久都沒有被發現是因為我。如果不是有夜之魔女這個稱號，妳認為布達佩斯的人會發現嗎？所有人都認為那些消失的少女都被莉莉絲吸乾血。」

「妳為什麼不揭穿伯爵夫人?!」聽見事情的真相，我難以置信地追問。

米茜壓下雙眼，冷淡地回答，「我不是聖人，也不是救世主，我只是個永遠活在黑暗中的墮落者、人人畏懼的吸血鬼，我的生命裡沒有陽光、沒有人情，陽光不容許我的存在，因此我只當黑暗中的行刑者。」

他頓了一下，繼續說道：「妳知道嗎？伯爵夫人真的是個可憐人，年幼之時就被送到未來的婆婆家接受教育，過得不是很好，十五歲嫁給菲倫茲伯爵，可惜丈夫長期不在家，無聊的伯爵夫人只好收集珠寶和研究奇怪的咒術，長期的壓力和不愉快造就現在的她，盲目地追求青春，陶醉在血欲之中，過完荒誕的一生，所以她也是個墮落者……這種人，我為何要插手管？」

我十分意外米茜很懂伯爵夫人的身世，難怪伯爵夫人會殺害少女，用少女的血液洗澡。

米茜的指尖撫過我的劉海，用著男人看待女人的眼神凝視著我，「因為妳在這裡工作，為了妳，我不得不介入。只有妳才是我想守護的人。」

剎那間，我的心撲通一跳，伴隨著輕微的疼痛，米茜的這句話就像男人對女人的深情告白。

「你一直守護我？」

他的話震撼了我的心，這有可能嗎？夜之魔女莉莉絲，不對，是吸血鬼守護自己？

我和米茜明明只是同事，為什麼他要對我那麼好？

「亞莎，妳只要明白一件事情，我不會傷害妳，我會保護妳，直到生命的盡頭，直至每一世。」

最後一句的話語透露出他內心壓抑已久的憂傷。

「我再問妳最後一次，妳要不要離開？妳不是曾說要好好活著？」他壓低嗓子肅穆問我。

見我還遲疑著，他說出令人費解的話，「妳知道妳妹妹騙了妳嗎？」

我抬起頭，不解地望著他。

米茜別過臉，低沉的男性嗓音吐出令人錯愕的消息，「我把真相告訴妳好了，妳父親捲款逃跑了，甚至還對妳妹妹做出下流的行為。」

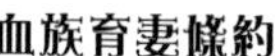

我震驚地摀住嘴，難以置信地搖搖頭。

「不、不可能！」

米茜溫柔地撥了撥我凌亂的髮，「妳妹妹就是因為這個原因來城堡找妳，順便在這裡工作。現在妳被伯爵夫人關在這裡，下一個被抓來這裡的可能就是妳妹妹。」

他話聲停頓幾秒，抓住我的胳膊，「抱歉，不論妳是否想離開，我這次決定要帶妳走，我無法眼睜睜看妳被伯爵夫人殺死！」

沒等我反應過來，米茜扣住我的腰，把我抱在懷裡施展瞬間移動離開令人窒息的地牢。

幾個月後，我和米茜將妹妹成功救出巴托里夫人的城堡，幸好妹妹還不知道城堡的慘案，在一處小村莊好好地活著。

安置好妹妹後，米茜依照我的懇求以逃出少女的面貌向波尼可祿國王揭發巴托利伯爵夫人的罪行。

國王立刻命令圖索伯爵帶領士兵突襲城堡搜索，伯爵夫人的罪行才公諸於世。

我考慮到米茜是吸血鬼的身分，無法讓妹妹知道，所以和米茜居住在妹妹隔壁的村落。妹妹和當地的鄰居相處很好，也找到嫁人的對象。

這段期間和米茜的相處下，我發現米茜本身有很大的謎團。

充其量，我和他只是同事關係認識的，為何米茜會對我的習慣那麼熟悉，知道我喜歡吃什麼、知道我睡前一定要喝杯溫水、知道我睡覺時會習慣踢被子、知道我逃出城堡後開始做惡夢，每天夜晚守候在床邊陪伴我，很多的習慣不是認識一兩個月的同事能察覺出來。

除了這些，我還發覺他時常透過我懷念著故人。我不知道他在思念誰，眼中有我不懂的思念與情愫。

他對我很溫柔，溫柔到我以為他喜歡我，時常對我嶄露笑顏，但對別人都是一副冷冰冰的表情，冷漠又疏離。

我走到院子望著坐在涼椅上的米茜，駐足不前。反倒米茜回首笑看著我，「不過來嗎？」

心兒小鹿亂撞的跳著，我想我喜歡上米茜了。

與他同住一段時間，滿腦子都是他的身影，只要他外出不在，我整個人心不在焉，只要呆呆地看著他就很幸福，臉紅心跳的情緒經常性出現。

我摸著泛紅的臉頰緩慢移動到他身邊坐下。他身上的藍花楹香味隨風吹進我的心坎，心臟又是一痛。

彼此靜默了一段時間，落花紛飛，我揚起頭瞻望絕美的紫色，高傲、不可一世地盛開在住宅周圍。

「這花好美。」我拾起飄落在地上的花瓣。「這是什麼花？」

「藍花楹。」他起身站在花海中，背對著回答我，「很美吧？」

原來他身上的香味源自於藍花楹。我將花瓣捧在手心，低頭貪婪地深吸氣。

「美得讓人很絕望，有時候我看著你的背影，覺得你很悲傷，你喜歡的女孩子不在這世上嗎？」

他的身子微微一震，朝我緩步走來，紫色花辦落在他的髮上、肩上，紫金色眼睛美得驚心動魄。

藏在內心好一陣子的話忍不住問出口，我將雙手放在膝蓋上，緊張地等待他的答案。

他在我面前止住腳步，在空中捉住一片花瓣放在我的髮上。「妳的觀察很仔細，但是猜錯了，我喜歡的女孩子就在我面前。」

我驚訝地瞪大眼睛，啼笑皆非地說：「不可能吧，我發覺你常看著我，想著別人，對方和我長得很像？」

米茜彎起唇角，修長的手指撫過我的唇，紫金色眼眸劃過一抹寵溺，「妳是我喜歡的女孩，沒有別人，永遠都是妳。」

聽見他又一次重申，我害羞地垂下眼簾，胸口的悸動壓過了隱隱抽痛的疼。

「我很慶幸妳還活著，平安的在我面前快樂的生活。」米茜彎下身，輕柔地將我摟入懷中，掌心撫過我的背脊，「亞莎，我喜歡妳，能給我一次機會，成為我的新娘嗎？」

我十分意外米茜居然會向我求婚，「新娘?!」

「願意陪伴我生活在黑暗中，成為我永恆的血族新娘嗎？」米茜更加用力摟緊我，深怕失去我。

我內心很掙扎，並不是因為捨棄陽光轉投入黑暗，而是這麼快接受求婚是對的嗎？

仔細想想，我已經到了適婚年齡。既然父親捲款離開，拋下我和妹妹，我也沒有後顧之憂了。

深呼吸，我點頭允諾，「我願意。」

米茜感動地親吻我的雙唇，「終於等到妳了。」

他的聲音隱隱帶著些微的哽咽，可我覺得很可愛。我的答應讓他那麼感動嗎？

米茜提起唇角，露出尖銳的獠牙，手指溫柔地支起我的下頜，指尖撥起散落在脖子的細髮。

他的獠牙咬住他自己的手腕，含了一小口血，湊到我的脖子邊，唇瓣輕輕掃過我的脖子帶來一陣顫慄。

我感覺到脖子一陣劇痛，溫熱的血液流了出來，一股炙熱與寒冰相互交錯，刺激著感官。

突然間，心臟傳來強烈的抽痛逼得我大叫了聲，全身的力氣彷彿被掏空，視野瞬間模糊不清，我完全沒有半點力氣，沒有知覺的倒在他懷裡。

「亞莎?!」

「亞莎，醒醒！不可能，初擁不會奪走妳的性命！」

心跳逐漸變慢，最後連跳都不跳了，視野墜入深淵的黑暗，我這才感到恐慌。

原來死亡是如此痛苦，與喜歡的人分離，親眼看見他震驚地瞪大眼睛，發瘋般地大吼，眼眶泛出淚水，我卻沒有半點力氣能安慰他。

為什麼我會死？

在心臟停止跳動前，殘留一口氣息，隱隱約約地聽見他最後的話語——

「我的血族新娘，亞莎，不要害怕，我會永遠陪伴在妳身邊。」

「不論轉世幾次，我一定會找到妳，務必記住，妳的新郎永遠是迭戈・烏爾塔多・德・門多薩。」

【全文完】

後記

大家好，我是花鈴，很高興能以新樣貌跟各位見面，不論是舊有的讀者，或是新的讀者，我很開心能夠再次推出新作品啦！大家可以稱呼我為花花喔～要叫花鈴也可以啦^^

首先，我要感謝Matt編輯，真的是辛苦他了……希望他白頭髮沒有跑出很多QWQ從過稿後，發生了不少事情，我還以為永遠都看不到深情虐戀的吸血鬼小說上市的那天。

這部作品早在二〇一二年就已經構思並完成，直至二〇一七年出版，前前後後修改過許多地方。一開始只是想寫個前世今生的虐心故事，再搭配我喜歡的吸血鬼題材，於是就誕生出這本以「契約」為主線的三生三世劇情。

以前我就聽過巴托里夫人的事蹟，在查資料時，真心覺得這位夫人……很有事，可能化妝品保養技術不好，使用鮮血來沐浴XD剛好她的事蹟搭配吸血鬼的傳說更適合，於是女主角溫祈悅的第二世誕生於巴托里伯爵夫人的時代。

不知道大家對於番外篇有什麼感想？這篇番外篇比整部作品故事還要來得早誕生喔！當然，出版的版本有修改過。

再來聊聊故事裡的男主角迭戈，他真實的雛型是歐洲十四世紀西班牙阿拉瓦省的門多薩家族。如果有這麼愛妳的吸血鬼，要去哪找這麼深情的吸血鬼呢？在寫作時，花鈴我真想也被他咬一口XD

故事裡面我最喜歡埃爾南了，他是個超級可愛的正太吸血鬼，對迭戈十分忠誠，忠誠到我幾乎懷疑他喜歡迭戈啦哈哈哈。不過私心喜歡溫柔的好哥哥埃斯克^0^

　　關於亞特和華這兩對，有些讀者覺得他們兩個有腐味，後來我仔細看一看，發現真的是耶！好喜歡華控制亞特的霸氣行為。至於這對活寶就讓大家腦海裡腦補吧～

　　最後，希望這次的故事大家喜歡，也謝謝購書的各位，您的支持都是能讓花鈴我繼續寫下去的動力來源。另外，粉絲專頁會不定時舉辦活動，還有豐富的贈品送給大家，歡迎大家來跟我聊天、關注資訊^0^

※故事裡出現的巴托里伯爵夫人的資料來源：https://www.mplus.com.tw/article/867

※作者FB粉絲專頁
花鈴．Hana Ling
（goo.gl/Gvfajg）

釀冒險17　PG1681

血族育妻條約

作　　者	花　鈴
繪　　者	多玖實
責任編輯	辛秉學
圖文排版	周好靜
封面設計	蔡瑋筠

出版策劃	釀出版
製作發行	秀威資訊科技股份有限公司 114 台北市內湖區瑞光路76巷65號1樓 電話：+886-2-2796-3638　傳真：+886-2-2796-1377 服務信箱：service@showwe.com.tw http://www.showwe.com.tw
郵政劃撥	19563868　戶名：秀威資訊科技股份有限公司
展售門市	國家書店【松江門市】 104 台北市中山區松江路209號1樓 電話：+886-2-2518-0207　傳真：+886-2-2518-0778
網路訂購	秀威網路書店：http://www.bodbooks.com.tw 國家網路書店：http://www.govbooks.com.tw
法律顧問	毛國樑　律師
總 經 銷	聯合發行股份有限公司 231新北市新店區寶橋路235巷6弄6號4F 電話：+886-2-2917-8022　傳真：+886-2-2915-6275

出版日期	2017年8月　BOD一版
定　　價	300元

Printed in Taiwan

國家圖書館出版品預行編目

血族育妻條約 / 花鈴著. -- 一版. -- 臺北市：
釀出版, 2017.08
面； 公分
BOD版
ISBN 978-986-445-193-7(平裝)

857.7 106004289

讀者回函卡

感謝您購買本書，為提升服務品質，請填妥以下資料，將讀者回函卡直接寄回或傳真本公司，收到您的寶貴意見後，我們會收藏記錄及檢討，謝謝！如您需要了解本公司最新出版書目、購書優惠或企劃活動，歡迎您上網查詢或下載相關資料：http:// www.showwe.com.tw

您購買的書名：________________________________

出生日期：________年________月________日

學歷：□高中（含）以下　□大專　□研究所（含）以上

職業：□製造業　□金融業　□資訊業　□軍警　□傳播業　□自由業

□服務業　□公務員　□教職　□學生　□家管　□其它_____

購書地點：□網路書店　□實體書店　□書展　□郵購　□贈閱　□其他

您從何得知本書的消息？

□網路書店　□實體書店　□網路搜尋　□電子報　□書訊　□雜誌

□傳播媒體　□親友推薦　□網站推薦　□部落格　□其他__________

您對本書的評價：（請填代號　1.非常滿意　2.滿意　3.尚可　4.再改進）

封面設計____　版面編排____　內容____　文／譯筆____　價格____

讀完書後您覺得：

□很有收穫　□有收穫　□收穫不多　□沒收穫

對我們的建議：________________________________

____

____

____

請貼
郵票

11466
台北市内湖區瑞光路 76 巷 65 號 1 樓
秀威資訊科技股份有限公司 收
BOD 數位出版事業部

（請沿線對折寄回，謝謝！）

姓　　名：________________ 年齡：________ 性別：□女　□男

郵遞區號：□□□□□

地　　址：________________________________

聯絡電話：(日)________________ (夜)________________

E-mail：________________________________